강석우의
아름다운 당신에게 1

내가 사랑하는 음악,
그리고 사람 사는 이야기

강석우의
아름다운 당신에게

싱긋

우연 같은 필연, 상상 밖으로

남들이 하는 것은 다 해보고 싶은 '호기심 천국'인 저는 "다른 사람은 하는데 나는 왜 못해?" 하는 무모한(?) 도전정신이 넘치는 사람입니다. 그 일을 잘하고 못하고를 떠나 기왕 하기로 마음먹은 일에는 '해서는 안 되는 100가지 이유' 따위는 염두에 두지 않습니다. 그러다보니 쉽게 접근하게 되고 또 오랜 시간 그 일을 열심히 하기도 하지요.

어느 날 문득 그림을 그리기 시작해서 오늘날까지 전시회를 하고 있는데 그 세월이 10여 년이고 악보 보는 법을 배워 색소폰 연주를 시작한 지 20여 년입니다. 어떤 경지에 이르고야 말겠다는 야심을 갖고 있지는 않지만 시간을 들이는 만큼, 노력하는 만큼, 어느 정도의 위치까지는 갈 수 있으리라는 기대로 묵

묵히 그 일에 빠져들곤 합니다.

　이것저것 다 해보지는 못해도 저 일을 내가 한다면 어떨까 하는 상상을 많이 하는 편인데, 단지 '책을 내는 일'만큼은 상상 밖의 일이었습니다. 우연히 찾아온 것 같은 기회도 어쩌면 필연인지도 모른다는 것이 평소 생각입니다.

　짧지 않은 시간 동안 CBS 음악 FM 〈강석우의 아름다운 당신에게〉에서 '플레이 리스트'라는 이름으로 방송한 이야기를 글로 옮겨 책으로 내게 되었습니다. 별 볼 일 없는 글솜씨로 채운 이 책이 진솔한 마음으로 썼다는 이유로 미화될 수 있을까, 걱정도 되지만 거친 글을 매만져서 민낯을 내보이는 부끄러움으로 세상에 선보입니다. 독자 여러분이 읽다가 고개를 끄덕이며 공감할 수 있는 대목이 두어 군데라도 있었으면 좋겠습니다.

　2017년에 나왔던 책을 출판사의 사정으로 절판하게 되었는데, 싱긋출판사의 제안으로 2권과 함께 다시 출간하게 되었습니다. 이전 판의 오류를 바로잡고 사진을 많이 담았습니다. 그리고 QR코드를 글 앞에 두어 음악을 들으며 글을 읽을 수 있게 하였습니다.

2020년 2월

강석우

일러두기

차례

프롤로그_우연 같은 필연, 상상 밖으로 • 4

이상한 사라사테 더 이상한 〈찌고이네르바이젠〉 • 11
어머니의 가슴 아픈 '쌀 반 가마니 값' • 15
한옥의 겨우살이, 그리고 군고구마와 성경책 • 18
추운 겨울 처음 만난, 푸치니의 오페라 〈라 보엠〉 • 22
바닷가에 두고 온 '어린이의 정경' • 25
쇼윈도 너머의 오보에, 그 청량한 그리움 • 29
<나의 음악실>을 아시나요? • 33
베토벤, 몰라뵈어 죄송합니다 • 37
1977년, 〈겨울 여자〉와 클로디 챠리가 있었다 • 40

'잃어버린 너'를 찾아서 • 44
첫 해외여행, 첫 쇼핑, 그리고 카라얀의 명반 • 48
윤정희, 백건우의 추억 • 51
막스 브루흐, 아내를 울리다 • 54
오보에에 맺힌 한, 색소폰으로 풀다 • 57
처음 잡은 지휘봉, 놀랍고도 소중한 '상장' • 61
회색빛 우울한 젊음을 감싸주던 명동의 '필하모니' • 65
새처럼 날아가버린 그 남자에게 바친다 • 69
전방의 메리 크리스마스 • 75
어머니는 글을 쓰고, 아들은 피아노를 치네 • 80

그래도 내일은 내일의 해가 뜬다 • 84

1979, 홍콩 • 87

차가운 밤, 은빛 달에게 부쳐 • 91

라흐마니노프, 노스탤지어를 보듬다 • 95

비와 눈물, 그리고 바로크의 명곡 사이 • 100

옛날에 금잔디 동상에 매기, 같이 앉아서 놀던 곳 • 103

랄랄랄, 춤추는 강아지 • 107

남산, 오래된 동네를 걷다가 추억을 만나다 • 110

작은 아픔, 큰 위안 • 113

인생은 바둑, 패착 없는 하루하루를 • 116

음악에 대한 예의, 인간에 대한 예의 • 119

사랑하는 것과 사랑한다고 여기는 것 • 122

세월이 가도 기억날, 4월 16일 • 125

젊은 오보에 연주자에게 축복을 • 128

스트라디바리우스, 300년 된 악기의 음색 • 131

전람회의 그림 • 134

부부의 이름으로, 따로 또 같이 • 138

포항 바닷가에서 '혼자가 되는 것'을 생각하다 • 141

수많은 날은 떠나갔어도 내 맘의 강물은 흐르고 • 144

물에 대한 두 가지 생각 • 148

29년 만의 만남 • 151

품위 있게 말하기 • 155

너희들은 속초? 우리는 강릉! • 159

아버지의 비명소리가 그리운 날 • 162

피아노의 시인, 이곳에 잠들다 • 165

경비행기가 우회한 이유 • 168

사랑의 유통기한, 음악의 유통기한 • 171

주변에 미운 사람이 있나요? • 174

남산에서 멘델스존이 연주되는 꿈을 꾸며 • 177

백수의 하루와 금지된 장난 • 180

짧은 오해, 긴 인연 • 186

작은 기적을 기다리는 기도 • 189

사노라면 언젠가는 • 193

보이지 않는 슬픔 • 198

발가락이 닮았다? • 202

로미오와 줄리엣을 방해하는 기침 소리 • 205

군복 입은 산타클로스의 깜짝 선물 • 208

시계를 거꾸로 돌리고 싶지 않은 이유 • 211

'짱구' 소녀 임예진이 최고였다 • 215

나의 사춘기, 그리고 사랑하는 기타 • 219

그 많던 꽁보리밥집은 모두 어디로 갔나? • 224

핀잔 금지, 야단 금지, 그리고 무시 금지! • 228

잔소리와 귀한 말씀 사이 • 234

겨울에서 봄으로, 희망이 있어 견딘다 • 238

시간은 알레그로, 걸음은 아다지오 • 242

이상한 사라사테
더 이상한 〈찌고이네르바이젠〉

사라사테 | 〈찌고이네르바이젠〉 Op. 20
야샤 하이페츠(바이올린), 윌리엄 스타인버그(지휘),
RCA 빅터 심포니 오케스트라

어려서부터 저는 음악을 참 좋아하고 관심도 많은 어린이였습
니다. 그러나 음악교육은 전혀 받지 못한 학생이었습니다.

초등학교 6학년 때의 즐거운 기억이 생각납니다. 학교 밖에
지나가던 차에서 클랙슨 소리가 '빵!' 하고 났는데 선생님이 갑
자기 "저 음이 뭔지 아는 사람?" 그러시는 거예요. 그때 저는 어
디서 그런 용기가 났는지 손을 겨우 들고 "소……올입니다!"라
고 작은 소리로 말했습니다.

그때는 교실에 풍금이 놓여 있던 시절이었는데 선생님이 풍

금 뚜껑을 열고 그 음을 찾으시더니 "어, 솔 맞았어" 하시는 겁니다. 그날의 기억이 제가 음악을 좋아하게 되고 음악을 사랑하게 되는 데 큰 용기를 준 것 같습니다.

나름 엄격한 테스트를 거쳐서 초등학교 4학년 때부터 주일학교 성가대를 했고 성가대에서 친구들과 삼중창 멤버로도 활동을 했습니다. 그때 피아노나 바이올린 같은 악기를 하는 학생들이 교회에 몇 명 있었는데 대부분 잘사는 친구들이었죠. 그 친구들이 악기를 연주하거나 들고 있는 모습을 보면 부럽기도 하고 소심해지면서 묘한 열등감까지 느꼈던 기억이 있습니다.

중학교 2학년 무렵에 학교에서 밴드부를 만든다는 얘기를 선생님이 하시는 거예요. 얼마나 기뻤던지요. 세상이 밝아지는 느낌이었습니다. 얼른 손을 들고 선생님과 면담을 했는데 이런저런 것들을 물어보시더니 무슨 근거였는지 모르지만 드럼을 맡으라고 하셨습니다. 그래서 그날로 청계천에 있는 악기점으로 가서 드럼스틱을 사서 가방에 한동안 넣고 다녔습니다.

드럼채가 있으면 멋있어 보여 우쭐하던 시절이었거든요. 일부러 슬쩍 보이도록 끼우고 다녔죠. 시간이 흐르고 어떤 이유였는지 모르지만 밴드부가 만들어지는 일은 무산되었고 그때의 서운함이란 말로 다 할 수 없었죠.

그래도 저는 음악시간을 참 좋아했습니다. 음악시간이 되면 선생님이 발성연습부터 시켰죠. "따라라라라." 선생님이 반음씩 올리면 따라 해야 했는데 나만 정확한 음을 내는 양 아주 신나서 열심히 따라 했습니다.

그때 이상한 이름들을 많이 만났습니다. 중학교에 가서야 처음 영어를 접했던 세대인지라 컴패니언, 에센셜 같은 영어책을 통해서 톰, 주디, 제인 정도의 외국 사람 이름을 알던 시절인데, 너무나 생소한 이름인 드보르자크, 하니까 왠지 굉장히 웃겼습니다. "드보르자크래, 드보르자크!" 하고 우리끼리 속닥거리면서 키득키득 웃었던 기억이 납니다. '꿈속에 그려라, 그리운 고향'이라는 가사가 붙은 곡이 교과서에 실려 있었는데, 원곡이 드보르자크의 교향곡 9번 〈신세계로부터〉라는 엄청난 명곡이라는 걸 훗날 알게 되지요.

그런데 드보르자크라는 이름도 웃겼지만 우리를 정말 못 견디게 했던, 웃음을 참지 못하고 빵 터지게 했던 이름은 사라사테였습니다. 얼마나 웃겼는지요. 선생님이 사라사테를 말씀하신 순간, 아이들은 책상을 두들기면서 박장대소를 했죠. 거기에다 〈찌고이네르바이젠〉까지…… 견딜 수 없이 웃기던 이름이었는데 그 이름이 얼마나 강력했으면 지금까지도 그 음악시간이 생각날까요.

그때 들었던 음악가들의 이름, 가르쳐주신 음악 선생님 이름까지 생생하게 기억을 하고 있는데요. 선생님이 보시기에 음악적으로 전혀 소질이나 가망도 없어 보이는 아이들에게 그 아름다운 음악을 알게 해주려고 얼마나 몸부림을 치셨을까, 하는 생각을 해봅니다. 그때 올망졸망 앉아 있던 까까머리 중학생 중 하나가 오늘 이렇게 클래식 프로그램을 진행하게 될 줄은 상상도 못하셨겠죠.

어설픈 중2 학생들에게는 정말 낯설었던 이국의 음악가 사라사테, 그리고 〈찌고이네르바이젠〉. 화려하고 격정적인 선율과 "따라라라, 딴, 딴, 따라라라, 따단!" 피아노가 없어 음정을 입으로 내던 선생님의 음성이 오버랩되어 귓가에서 메아리칩니다.

어머니의 가슴 아픈
'쌀 반 가마니 값'

마이클 호페 | <Beloved>
마이클 호페(피아노)

겨울방학을 맞아 집 앞에서 동네 친구들끼리 얼음을 지치며 신나게 놀던 초등학생들 쪽으로 점잖게 생긴 아저씨가 다가옵니다. 그리고 근처의 시장으로 가는 길을 묻습니다.

"제가 알려줄게요" 하면서 그중에 한 어린이가 앞장을 서죠. 같이 길을 가면서 아저씨는 착한 어린이라는 등, 나를 삼촌이라고 부르라는 등 이런저런 얘기를 하면서 큰 신작로를 건너 시장으로 가다가 곁길로 잠깐 가자고 하더니 어느 골목의 안쪽을 가리키며 "저 집이 삼촌 집이야, 알았지?" 하고 다정한 목소리로 알려주는 말씀에 어린이는 "네!" 하고 씩씩하게 대답하고 시장으로 가서 쌀가게로 들어갑니다.

쌀 두 가마를 사서는 한 가마는 집으로 배달해달라며 애랑 같이 가라고 얘기합니다. 애가 누구냐고 묻는 쌀집 아저씨의 말이 떨어지기도 전에 "우리 삼촌이에요"라고 얼른 대답하는 착한 어린이.

삼촌이란 사람은 다른 쌀 한 가마를 택시 트렁크에 넣고 닫으면서 "쌀값은 집에 가면 줄 겁니다"라고 했죠. 착한 어린이는 염려 말라는 듯 씩씩하게 "알았어요" 대답하고, 지게에 쌀 한 가마를 진 쌀집 아저씨보다 앞장서서 골목 안의 삼촌 집으로 갑니다.

어느새 해는 저물어가고 있었고 온몸이 쌀쌀해짐을 느낍니다. 쌀집 아저씨가 그 삼촌 집의 문을 두드리고 쌀을 내려놓으니 깜짝 놀란 집주인은 모르는 일이라고, 그런 사람도 모른다고 말했죠.

순간, 쌀집 아저씨는 잽싸게 착한 어린이의 허리춤을 움켜잡고는, '아까 그 사람이 누구냐, 진짜 삼촌이냐'고 묻습니다. 큰일 난 것임을 직감한 어린이는 울먹이면서 삼촌이 아니라고 자초지종을 얘기합니다.

그러자 "너희 집이 어디냐, 앞장서라" 합니다.

이렇게 해서 쌀집 아저씨와 집으로 가게 되는 착한 어린이.

집에 가면 엄청나게 야단을 맞을 것이 뻔하니 달아나고 싶지만 발에 비해 커서 덜그럭거리는 묵직한 방한화 덕에 뛰어봤자 잡힐 게 뻔하니 도망도 못 가고 집으로 갑니다.

밥때가 지난 시간에 낯선 아저씨와 함께 나타난 어린 아들을 본 어머니는 깜짝 놀라죠. 두 사람의 이야기를 다 듣더니 어머니는 깊은 한숨을 내쉽니다. 그러고는 돈이 없어 주고 싶어도 못 준다는 비장한 표정을 짓습니다.

잠시 어색한 침묵이 흐르고 "반반씩 손해봅시다!"라며, 쌀집 아저씨의 흔들리는 눈빛을 놓치지 않고 과감하게 승부수를 던지는 어머니.

그거라도 받는 게 다행이라고 여긴 건지, 따뜻한 마음이었는지 반반씩 손해보는 걸로 상황은 종결됩니다. 그래서 어머니는 구경도 못 한 쌀 반 가마 값을 물어주면서 대단원의 막을 내린 어느 겨울날의 가슴 아픈 이야기……

그 이야기의 주인공인 착한 어린이가 바로 접니다. 40여 년 전, 초등학교 4학년 때 일인데요. 그때 어머니의 황망했던 표정이 떠오르네요.

한옥의 겨우살이,
그리고 군고구마와 성경책

베토벤 | 바이올린과 오케스트라를 위한 로망스 2번 F장조
막심 벤게로프(바이올린), 로스트로포비치(지휘), 런던 심포니 오케스트라

겨울이 되면 늘 떠오르는 한 편의 그림 같은 장면이 있습니다.
제가 보문동 한옥에서 살았던 적이 있는데 한옥은 겨울에 참
춥습니다. 창도 많고 문도 많으니까요. 그때 거실 겸 마루가 있
었는데 넓이가 서너 평이나 될까요. 추워지기 시작하는 11월
말이나 12월 초가 되면 아버지가 마루에 난로를 놓습니다. 어
머니는 김장을 하시고 아버지는 연탄난로를 놓으면서 겨우살
이의 가장 큰 일을 준비하시면, 곧 겨울이 온다는 신호였죠.

어머니가 김장을 하시면 아들인 저는 배추를 나르고, 무도 나

르면서 도왔는데 아버지가 난로 놓는 일은 이상하게 한 번도 도와드린 적이 없는 것 같아요. 연탄이 위에 한 장, 아래 한 장 들어가는 작은 난로를 놓고 함석으로 만든 연통을 사다가 한 번 꺾어서 천장으로 올리고, 천장에서 다시 꺾어서 창문 하나를 떼어내고 밖으로 연통을 빼내지요. 그곳을 창호지나 함석으로 가리고 밖에는 연탄가스에서 떨어지는 누런 진 같은 걸 받아내기 위한 깡통을 걸어두면 아버지의 겨우살이 준비는 완료됩니다.

겨울날, 형제들이 난로 주변에 어머니의 등받이 없는 재봉틀 의자를 갖다가 앉고, 여동생들은 바닥에 주저앉아서 떡도 구워 먹고 땅콩이랑 호두도 까먹던 기억이 가장 아름다운 한때로 남아 있습니다. 그중에는 이미 세상을 떠난 누이도 있습니다. 그때 한 사람 한 사람의 표정이 다 생생하게 기억납니다. 나이가 들면서 사람들은 점점 무표정해지는데, 그야말로 낙엽만 떨어져도 까르르 천진난만하게 웃고, 아무것도 아닌 일에도 배꼽을 잡고 떼굴떼굴 구를 듯했던 어린 시절의 풍부한 표정들이 아련하게 떠오릅니다.

그런 자식들의 모습을 보면서 부모님의 마음은 어땠을까요. 연탄난로에서 구워낸 고구마와 가래떡 같은 것을 갖다드렸을 때 안방에서 성경책을 읽고 계시던 어머니가 얼마나 흐뭇하셨을까, 하는 생각을 해봅니다.

결혼해서 가정을 꾸리고 자식을 키우다보면 가정이 화목하다는 것이 얼마나 큰 행복인지를 느끼게 됩니다. 저희 아이들은 둘이서 아주 다정하고, 의논도 잘하고, 같이하는 것도 많기 때문에 별걱정은 없지만요.

요즘 아이들은 참 바쁘죠. 온 가족이 기념일 때문에 외식을 나갈 때는 있지만 아이들이 크면서 네 식구가 둘러앉아 집에서 밥 먹는 시간은 드문 것 같아요. 세 사람이나 두 사람은 있는데 한 사람은 바쁘거나 늦게 들어와서 자고 있거나, 아니면 제가 일찍 나오거나 하는 거죠. 그래도 1년에 몇 번은 토요일 점심에 네 명이 같이 둘러앉을 때는 가끔 있습니다.

아이들에게야 일상적인 식사지만 아버지인 저나 어머니인 아내는 자식들과 함께하는 그 시간이 얼마나 행복한지 모릅니다. 그런 순간이 오면 대낮인데도 불구하고, 아내는 좋아하는 초 두 개를 식탁 위에 올려놓고 불을 켭니다. 지금 기분이 좋다는 아내의 표현이지요. 그러면 저는 얼른 오디오를 켜고 제가 좋아하는 CD를 겁니다. 그리고 아이들에게 이렇게 이야기합니다.

"엄마, 아빠는 이 시간이 정말 행복해. 특히 이런 순간에 이 음악이 있을 때가 아빠는 제일 행복하다. 이 음악을 너희들도 앞으로 많이 사랑하게 되길 바란다."

아이들에게도 들려주고 싶고, 아이들과 언제까지나 함께 듣고 싶은 그 곡은 베토벤의 바이올린과 오케스트라를 위한 로망스 2번입니다.

추운 겨울 처음 만난,
푸치니의 오페라 〈라 보엠〉

푸치니 | 오페라 〈라 보엠〉 중 〈그대의 찬 손〉
루치아노 파바로티(테너), 헤르베르트 폰 카라얀(지휘), 베를린 필하모닉 오케스트라

저는 제 삶에 음악보다 큰 위안이 있었을까 싶을 정도로 음악을 좋아하는데 특히 클래식을 좋아하게 된 계기를 들자면, 바이올리니스트 김남윤 선생을 빼놓을 수 없습니다.

대학교 1학년 때 그분을 만나게 됐어요. 개인적으로 친분이 있는 것이 아니고 그분 제자 중에 제 친구가 한 명 있었거든요. 당시에 그분은 경희대에 재직중이었는데 친구를 만나러 가서 차 마시며 놀다가 친구가 레슨 들어갈 시간이 되었는데 같이 들어가자고 하는 겁니다. 마땅히 갈 데도 없고 잘됐다싶어 따라

들어간 곳이 김남윤 교수님 방이었고 거기에 레슨받는 학생들이 이미 많이 있었는데 저도 시치미 뚝 떼고 소파에 앉아서 기다렸습니다.

처음 본 저를 보고 "얘는 누구니?" 묻는 바람에 자초지종을 설명하게 되었고 안면을 트게 되었지요. 그러면서 음악회에 초대도 받으며 점점 가까워졌고 급기야 김남윤 교수님 어머님이 중매를 서겠다고 하실 정도로 댁에도 놀러가고, 가족들과도 친하게 지내는 사이가 됐어요. 그때는 특별히 그 대학 음대 학생들과 친했고 친구들과 선후배도 많이 알게 되어서 음악에 많이 가까워졌습니다.

그러던 어느 해 겨울이었는데, 아마 경희대 음대 졸업 발표회가 아니었던가 싶어요. 그때 국립극장은 왜 그리도 추웠는지요. 극장은 큰데 난방도 시원찮고, 관객은 없고, 그래서 더 춥지 않았을까 싶습니다. 그렇게 추위로 떨면서 본 공연이 〈라 보엠〉이라는 오페라였습니다.

제가 오페라를 본 것은 그때가 처음이었던 모양이에요. 대학생의 눈과 귀로도 그 오페라가 썩 잘됐다, 훌륭하다는 느낌이 안 들 정도였는데 아마 대학생들이니까 작품 소화 능력이나 그런 게 여러모로 부족했겠죠. 아무튼 그때 그 대학을 다니던 친구와 김남윤 교수님과 그 대학 음대생들을 통해서 오페라라는

젊은 음악도들의 요람이었던 김남윤 교수님의 방. 그 방에서 많은 음악적 인연을 만났다.

것을 난생처음 접하게 됐습니다. 오페라 〈라 보엠〉이 제 인생에 날아와 박힌 멋진 순간이었죠.

그날의 몇 장면들이 지금도 기억에 남아 있습니다. 〈라 보엠〉에서 가장 인상적인 장면 중 하나가 촛불이 꺼지는 순간에 열쇠를 찾다가 미미의 손을 잡게 된 주인공 로돌포가 부르는 〈그대의 찬 손〉이라는 아리아인데, 그 밖에도 좋은 아리아가 참 많습니다.

보헤미안들의 파리 뒷골목 생활을 그린 〈라 보엠〉의 〈그대의 찬 손〉을 기억하며 푸치니의 오페라를 처음 만난 그날, 추운 겨울날 국립극장의 2층에 앉아 있던 저를 추억합니다.

바닷가에 두고 온
'어린이의 정경'

슈만 | 〈어린이의 정경〉 Op. 15 중 7곡 〈트로이메라이(꿈을 꿈)〉
지안 왕(첼로), 외란 쇨셔(기타)

어릴 적엔 여름이 되면 바다나 계곡에 가서 물장구를 치며 놀던 기억이 있는데 어른이 돼서는 바다에 가서 몸을 담그거나 해수욕을 하지는 않게 된 것 같아요. 나이가 들면서 허물어진 몸매를 보이고 싶지 않아서겠지만요.

저는 부산에서 태어났는데, 서울에 온 게 여섯 살 때였고, 초등학교 4학년인가 5학년인가 여름에 큰누님을 따라서 외할머니가 계시던 부산으로 여행을 간 적이 있습니다. 어느 날 누님은 친구들과 놀러 나가고 남겨진 저는 동네 아이와 둘이서 광안리까지 해수욕을 하러 갔죠.

초등학생 둘이 해수욕장에 가봤자 수영복을 챙겨 간 것도 아니고 겉옷만 하나 벗고 팬티 바람으로 그냥 바닷물로 뛰어들면 되는데, 벗어놓은 겉옷을 맡길 곳이 없었습니다.

둘이서 '어떻게 하면 좋을까' 하다가 둘러보니 파라솔들이 하나씩 모래밭에 군데군데 세워져 있었는데 어느 한 곳에 파라솔 두 개가 겹쳐 있는 곳이 보였습니다. '아, 저 옆이면 표시가 되겠다' 싶어서 그 파라솔 옆에 모래를 파고 옷을 묻었습니다. 그러고는 뜨거운 볕에서 얼굴이며 팔다리며, 온몸이 새카매지도록 몇 시간을 놀다가 나왔죠.

집에 갈 시간이 돼서 옷을 찾아 입으러 나왔는데 그사이 백사장에 그늘이 지면서 파라솔들을 걷어버린 겁니다. 어렸어도 그런 정도의 생각은 했을 법한데, 그때는 아마 노는 것에 마음이 쏠려서 미처 생각하지 못했던 것 같아요. 그땐 정말 눈앞이 캄캄했죠. 그 드넓은 모래밭 어디를 파서 우리가 묻어둔 옷을 찾을 수 있겠습니까. 몇 시간을 찾고 또 찾았지만 결국 찾지 못했습니다.

해는 점점 서쪽으로 기울어 날은 어두워지고…… 광안리에서 범천동까지면 어느 정도의 거리일까요. 가늠이 잘 안 되는데 어른 걸음으로 걸어도 두세 시간은 걸리지 않을까 싶군요. 그

먼길을 초등학생 두 아이가 말린 팬티를 입고 걸어서 집까지 갔으니, 이미 동네에서는 난리가 났죠. 서울에서 내려온 아이가 동네 아이와 해수욕하러 나갔는데 캄캄하도록 돌아오지 않으니 말입니다.

어른들은 아이들을 물가에 내놓으면 물놀이 사고 때문에 얼마나 마음을 졸입니까. 그때 우리들은 집에 가면 야단맞을 걱정만 했는데 어른이 돼서 생각해보니 시간이 돼도 돌아오지 않는 두 아이 때문에 어른들은 아마 혼비백산했겠지요.

얼마 전에 '해설이 있는 음악회' 때문에 부산에 갔을 때 광안대교를 건너가게 됐는데 다리 저편에 펼쳐진 광안리 해수욕장을 보면서 오래전 그날의 추억을 떠올려봤어요.

1960년대에 부산에 계시던 외할머니는 제가 서울서 모시고 살았는데 오래전에 하늘나라로 떠나셨고, 그때 부산에 같이 갔던 큰누님도 세상을 떠나셨습니다. 모두 추억 속의 사람들이 됐습니다. 요즘은 광안리에 갈 때마다 '생각보다 해수욕장이 작구나'라는 생각을 하게 되는데 어릴 적에는 그 바다가 왜 그토록 광활해 보였을까요.

여름이 되고 날씨가 더워지면 바닷가가 그리워지면서 광안리 해수욕장 모래톱에 옷을 묻었던 생각이 문득문득 납니다. 이제는 꿈에서나 만날 수 있는 그리운 외할머니, 그리고 큰누님도요.

어린 시절 바닷가의 추억. 천진난만한 개구쟁이들의 공간이었다(사진 왼쪽이 나).

쇼윈도 너머의 오보에,
그 청량한 그리움

엔니오 모리코네 | 영화 〈미션〉 OST 중 '가브리엘의 오보에'
데이비드 애그뉴(오보에)

고등학교 3학년 때 음악을 하는 친한 친구가 있었는데 이 친구
는 모 대학의 콩쿠르에서 입상을 했습니다. 대학을 특별전형
으로 가게 되어서 친구들의 많은 부러움을 샀죠. 고3 학생에게
는 그 친구가 무슨 전공을 하게 되든 어느 대학을 가든 그것이
중요한 게 아니라, 이미 갈 대학이 정해져서 고3 2학기를 편안
하게 보낼 수 있다는 것이 얼마나 부럽습니까.

그 친구는 바이올린을 했습니다. 지금은 서울에 강남도 있
고, 홍대도 있고, 이태원도 있고, 여러 군데에 문화의 거리들이

있지만 그때, 우리가 청춘이었을 적에는 명동 아니면 종로였죠. 종로 2가에서 3가 아니면 명동에 가면 모든 친구를 다 만날 수 있을 정도로 젊은이들이 모여들곤 했었습니다. 당시에는 종로 3가에서 4가로 가는 길, 서울극장이 있고 피카디리극장, 단성사 같은 극장이 있는 사거리에서 동대문 방향으로 가면 악기점들이 많았어요. 길거리의 쇼윈도에 특정한 악기만이 아니라 기타부터 바이올린, 플루트, 콘트라베이스, 심벌즈 등 온갖 악기가 진열되어 있었죠. 큰 악기점들이 즐비하던 그곳은 그 친구와 제가 버스를 갈아타기 위해서 내리곤 하던 자리이기도 했습니다.

저는 그 악기점 앞에 서서 악기 구경하는 것을 참 좋아했습니다. 초등학교 4, 5학년 때쯤 크리스마스 때 들어본 오보에 소리가 너무 좋아서 저 악기가 너무나 하고 싶다는 생각을 그때부터 했는데, 고등학교 3학년이 되도록 음악을 배울 형편도 안 되었고, 학교에 도시락도 겨우 싸 갈 정도였으니 음악 레슨을 받는다는 건 꿈도 못 꾸었습니다. 그저 거리에 서서, 쇼윈도 너머로 악기를 바라보는 것만으로도 한없이 좋았습니다.

"너는 뭐가 하고 싶니?"

"나는 저거."

"뭐?"

"저거, 오보에."

"야, 저거 어려워."

뭐, 음악에 대한 상식도 별로 없으면서 둘이서 맞는 얘긴지 틀린 얘긴지도 모르는 얘기를 친구와 저는 쇼윈도 밖에 서서 열심히 주고받곤 했습니다. "나중에 내가 꼭 오보에를 할 테니 너는 바이올린을 열심히 해서 언젠가는 음악을 같이하자" 다짐을 하기도 했지요. 결국, 악기를 살 수 있는 돈도 없었고 악기를 배울 수 있는 여건도 안 돼서 음악을 직접 할 수 있는 기회는 놓치고 맙니다. 시간이 흐르고 흘러 40대가 되어서 색소폰을 만나 연습을 시작하고 연주도 하게 됐습니다. 그래서 오래전 오보에에 대한 한을 조금은 풀고 있긴 한데, 어릴 적에 들었던 오보에 소리가 그렇게 좋았던 것 같아요. 천상의 소리 같은 느낌이라고나 할까요. 천사가 이야기하는 것 같은 느낌이라고 오보에 소리를 기억하고 있는데, 나중에 알고 보니 오보에가 소리를 내기에 쉬운 악기는 아니더군요.

그러다가 결정적으로 1986년에 롤랑 조페 감독의 〈미션〉이란 영화가 개봉합니다. 그 영화에서(사실 영화 자체는 별로 기억에 나지 않습니다) 폭포 옆으로 사람들이 올라가는 몇몇 장면, 로버트 드니로의 얼굴, 폭포에서 십자가에 매단 선교사를 떨어뜨리는 장엄한 모습 정도가 기억나긴 하지만, 오히려 제 기억 속에 가장 강렬하게 남아 있는 것은 제러미 아이언스가 영화에서 원주민에게 둘러싸여 연주하던 〈가브리엘의 오보에〉라는 엔니오 모리코네의 음악입니다. 많은 분들은 이 곡에 가사를 붙인 〈넬라 판타지아〉로도 기억하시지요. 〈가브리엘의 오보에〉와 영화 〈미션〉을 얘기하는 이 순간에도 몸에 소름이 돋을 만큼 저는 그 오보에 소리가 좋습니다.

〈나의 음악실〉을
아시나요?

라흐마니노프 | 〈파가니니 주제에 의한 랩소디〉
Op. 43 중 18 변주곡 〈안단테 칸타빌레〉
다닐 트리포노프(피아노), 야닉 네제 세건(지휘), 필라델피아 오케스트라

1970년대 말, 1980년대 초의 얘기니까 벌써 30년이 훌쩍 넘었
군요. 그때는 클래식이 일부 호사가들이나 고상한 취미로 클래
식을 듣는 거라 여기던 시절이었습니다. 음악을 전공하는 사람
이나 그들의 가족, 관련된 사람들만 좋아하고 일반인들은 먹고
살기 바빠서 클래식을 감상하면서 즐길 만한 여유도 없었고, 즐
기고 싶어도 감히 범접할 수 없는 마음의 벽이 있던 시절이었
습니다.

그런데 혜성처럼 나타나서 클래식의 높은 벽을 허물고 사람

들을 그 아름다운 세계로 초대한 분이 있었습니다. 당시 대학생이었던 저를 비롯해서 많은 여성들이 그분의 방송을 들었고, 그러면서 이른바 클래식에 입문하게 됩니다.

클래식 음악이 얼마나 아름다운지, 그 새로운 세상을 경험하게 하는 훌륭한 '클래식 전도사'라고나 할까요.

이쯤 얘기하면 연세가 좀 되시는 분들은 '아, 그분 얘기를 하는 거구나!' 하고 알아차리실 것 같은데, 그렇습니다. 한상우 (1938~2005) 선생을 얘기하고 있습니다. 그분은 마이클 잭슨처럼 화려하지도 않고, 엘비스 프레슬리처럼 격정적이지도 않고, 비틀스처럼 대단하지도 않았습니다. 그러나, 앤디 윌리엄스의 따뜻한 스탠더드 팝 같은 중저음의 허스키가 섞인 목소리의 소유자였습니다.

예술의전당 같은 공연장에서 만나 뵀을 때 "지금 제가 클래식을 좋아하고 공연을 보러 다니게 된 건 다 선생님 덕분입니다. 클래식 공부를 선생님 프로그램을 통해서 했습니다" 하고 고백했던 적이 있습니다. 만날 때마다 저를 보면 아주 환하게 웃어주셨는데 그분이 세상을 떠나신 지도 벌써 10년이 넘었군요.

우리는 지금 쇼팽의 음악에 심취하고, 조성진이라는 훌륭한 피아니스트도 접하게 됐지만 그분은 우리가 왜 쇼팽을 좋아할까, 하는 의문에 대해 아주 명쾌한 답을 주시기도 했습니다. 그때 그분의 말씀을 찾아봤더니 "쇼팽은 깊고 무거운 음악가가 아니라 시적이고 감상적이기 때문이다"라는 답을 주셨습니다. 좋아하기는 하는데 왜 좋아하는지는 몰랐던 것에 답을 주신 훌륭한 음악감상의 멘토였습니다.

그분이 말씀하셨던 것 중에 인상적인 것은 클래식을 듣는 순서였습니다. 처음부터 어려운 곡을 듣지 말고 시작하는 사람은 성악곡을 들어라, 그중에서도 널리 알려진 오페라의 아리아를 듣고, 그다음에는 서곡을 듣고, 간주곡과 다른 오페라 넘버를 들어라, 이렇게 가르쳐주신 적이 있습니다.

그분 말씀을 많은 사람들이 따르면서 지금도 클래식을 좋아하고 자녀들에게도 그런 소양을 물려주었지요. 어찌 보면 대한민국에서 클래식을 대중화한 유일한 분이 아닌가 싶기도 합니다. 이제 그분의 뒤를 이어서 다음 세대에게 클래식 음악을 전해줄 사람이 필요하겠지요. 흠, 떠오르는 사람이 있지요?

그분이 진행하던 클래식 프로그램 〈나의 음악실〉의 시그널 곡이었던 라흐마니노프의 〈파가니니 주제에 의한 랩소디〉 Op. 43 중 18 변주곡 〈안단테 칸타빌레〉를 들으면 지금도 마음에 광풍이 붑니다.

라디오 방송중 한 컷.

베토벤,
몰라뵈어 죄송합니다

베토벤 | 〈그대를 사랑해Ich Liebe Dich〉
디트리히 피셔디스카우(바리톤), 외르크 데무스(피아노)

너무나 부끄러웠던 에피소드 하나를 고백할까요. 저는 남녀공학 고등학교를 다녔는데 그 학교는 정서적으로, 예술적으로 활동이 폭넓은 학교였습니다. 지금은 학생들이 대학입학시험에 몰두해야 하고, 학원과 과외 공부에 치여서 동아리 활동 같은 것은 하기 어렵지만 우리 때는 지금처럼 심하지는 않았던 것 같아요.

고등학교를 가면서 동아리 활동을 많이 하게 되는데 제가 다니던 학교는 우선 합창부, 현악부, 밴드부가 있었습니다. 합창부 친구들은 새로운 곡을 배우면 복도를 걸어갈 때나, 교정을 걸어 다닐 때 언제나 두세 명이 노래를 하면서 나란히 다니곤 했는데요. 그러면 '아, 쟤들은 합창부구나' 하고 바로 알 수 있었죠.

그때 내 짝이었던 친구는 합창부의 부장이었는데 고등학교 3학년 때도 공부보다는 합창에 올인한 친구였죠. 그 당시 저는 가요를 좋아했는데, 〈사월과 오월〉〈어니언스〉〈트윈폴리오〉 같은 포크 가수들을 좋아했어요.

그땐 그런 포크 음악에 관심이 많아서 통기타를 치며 전날 심야 방송에서 들은 신곡을 부르곤 했지요. 제 옆에 앉은 친구는 지기 싫어서 합창부에서 배운 우아한 가곡 같은 곡들을 부르기 시작했는데요. 경쟁을 하다보면 서로 마음에 상처를 입기도 하고, 때로 둘 다 아는 곡을 만나면 듀엣을 하기도 했습니다.

고등학교 3학년 때는 그 친구와 통기타 트리오를 만들어서 지금은 명동예술극장이라 불리는, 그 당시 국립극장 무대에서 〈Let It Be Me〉라는 노래를 불렀던 기억도 납니다.

어느 날 그 친구가 어떤 노래를 부르는데, 처음 들어본 노래인데 너무너무 근사한 거예요. 〈이히 리베 디히Ich Liebe Dich〉'라는 노래였지요. 영어로는 'I love you'라는 뜻이라더군요. 노래가 너무 좋아서 누구 곡이냐고 물어봤더니 베토벤 곡이래요. 그래서 제가 소리를 질렀죠.

"야, 베토벤이 그런 곡을 왜 쓰냐?"

아, 지금 생각해도 얼굴이 붉어질 정도로 너무나 창피합니다. 그때 무지한 저의 생각으로는, 위대한 음악가인 베토벤은 협주곡이나 교향곡을 쓰지, 이런 가곡 같은 것, 유행가 같은 것을 쓸 거라고는 생각을 못했고, 또 하나는 그 위대한 베토벤의 곡을 친구가 부른다는 게 싫었던 겁니다. 괜한 자존심 싸움이랄까요.

그래서 서로 언성을 높였던 적이 있는데, 나중에 그 친구가 〈이히 리베 디히〉의 독일어 가사를 한글로 써서 가르쳐줬던 기억이 납니다. 가수 신승훈씨가 〈보이지 않는 사랑〉이라는 노래의 도입부에 이 곡을 삽입하기도 했었지요.

그렇게 투닥거렸던 친구들이 이제는 다 적지 않은 나이가 됐네요. 친구는 그날을 기억할까요. 하지만 저는 기억합니다. 교탁에서 볼 때 오른쪽 맨 끄트머리 벽쪽 자리에 앉아 있던 저와 벽에서 두번째 자리에 앉아 있던 친구가 투닥거렸던 그날을 말입니다.

무식하면 용감하다더니…… 제가 아는 것이 세상의 전부인 줄 알고 행동했던 부끄러운 기억의 고백입니다.

1977년 〈겨울 여자〉와
클로드 챠리가 있었다

베르디 | 오페라 〈나부코〉 중
히브리 노예들의 합창 〈가라, 내 마음이여, 금빛 날개를 타고〉
베르나르트 하이팅크(지휘), 코번트가든 로열 오페라하우스 합창단 & 오케스트라

저는 재수를 하고 대학에 갔습니다. 정석대로 갔다면 76학번인데 재수를 하는 바람에 77학번이 됐죠. 그해에는 프레시맨이었기 때문에 각별한 기억들이 많은데 그중 두어 가지를 이야기해볼게요. 첫번째는 제1회 대학가요제가 시작되어 대학 문화에 큰 이벤트가 생겼다는 것이고, 두번째는 〈산울림〉이 등장했다는 것입니다.

〈산울림〉의 첫 음반 〈아니 벌써〉를 들었을 때 저는 세상이 거꾸로 뒤집힌 것 같은 충격을 받았습니다. 기존 가요는 애상을

띤 사랑이나 이별, 슬픔을 노래한 곡들이 대부분이었는데 이 약간 어설픈 록 사운드, 기타가 조율도 안 된 것 같은 그런 음악, 연습이 좀 덜 된 것 같은데 그러면서도 풋풋하고 생동감이 넘치는 〈아니 벌써〉는 젊은이들의 가슴을 뒤흔들었습니다. 그 음악을 들으면 우리의 음악 같았고 그게 우리 얘기 같아서 얼마나 좋아했는지요. 그 이후에 정말 많은 분들이 김창완과 〈산울림〉을 좋아했고, 지금도 팬들이 얼마나 많습니까.

또하나 기억나는 것은 1977년에 개봉한 〈겨울 여자〉라는 영화인데요. 당시는 지금처럼 100군데, 200군데 극장에서 한꺼번에 개봉하지 않고 '단관 개봉'이라고 해서 한 군데에서만 개봉해서 길게는 3개월, 때로는 6개월 이상도 상영을 했습니다. 당시 60만이 넘었다는 것은 지금으로 치면 1000만 관객에 버금가는, 아니 그 이상 가는 엄청난 흥행 기록이었는데요. 그 영화를 통해서 우리는 장미희라는 배우도 알게 됩니다.

그리고 그 영화를 통해서 한 곡의 음악도 알게 되었습니다. 영화의 주인공은 장미희씨와 김추련씨였습니다. 대학생이었던 장미희씨가 맡은 이화라는 여자가 틈만 나면 찾아가서 음악을 들으며 쉬던 단골 다방이 있습니다. 그 다방의 DJ 역을 얼마 전에 세상을 떠난 김추련씨가 맡았는데 김추련씨가 DJ를 하다가 이화가 다방에 들어오면 음악이 바뀝니다.

당시만 해도 오디오가게 앞에 서서 틀어놓은 음악을 듣거나, 음악다방에서 음악을 듣는 것이 우리의 음악 양식의 공급처였죠. 어쩌면 이 영화를 통해서 처음 들은 음악이 아니었나 생각이 드는데, 그 곡은 〈나부코〉의 기타 연주였습니다.

클로드 챠리의 음반은 그해 겨울 명동의 모든 레코드가게의 스피커를 평정했습니다. 〈나부코〉의 기타 연주도 그랬지만 사실은 음반에 함께 수록된 〈첫 발자국〉이라는 곡이 먼저 히트했죠.

그 음반 B면에 들어 있던 것 같아요. 〈나부코〉의 기타 연주를 영화를 통해 듣는 순간, 영화고 뭐고 간에 이 음악이 너무 좋았습니다. 처음에는 클라우디 차리의 기타 연주로만 알고 있었죠. 당시는 대학 1학년생이니까 베르디도 잘 몰랐고 〈나부코〉가 어떤 오페라인지, 심지어 오페라인지도 전혀 몰랐습니다.

나중에 대학방송국 프로듀서로 들어가면서 음악을 찾게 됐고 나부코 얘기를 알게 됐습니다. 나부코는 성경에 나오는 영웅인 바빌론 왕 느부갓네살(네부카드네자르 2세)의 이탈리아식 발음입니다.

1977년, 그해 겨울에 가난하고 갈 데도 없는 청춘들이 귀마개도 없이 하릴없이 명동 거리를 몇 바퀴씩 돌면서 내내 클로드 챠리의 음악을 들었던 기억. 1977년을 기억하는 분들 가운

1977년을 휩쓴 영화 〈겨울 여자〉 포스터.

데 저처럼 〈겨울 여자〉와 〈나부코〉와 〈산울림〉과 대학가요제 같은 것들을 공유하는 분들이 많지 않을까요.

세월이 흘러서 영화의 남자 주인공은 세상을 떠났고 클로드 챠리의 음악도 들을 수 없게 됐습니다. 젊은 PD와 DJ 중에는 클로드 챠리를 기억하는 이들이 없기 때문이죠. 그 음악을 통해서 새로운 이름 베르디를 알게 되고, 새로운 오페라 〈나부코〉를 알게 되고, 그후에 조운 서덜랜드를 알게 되어 지금까지도 마음속으로 좋아하게 된, 1977년은 그야말로 제 인생에서 큰 선물을 받은 멋진 해였습니다.

'잃어버린 너'를
찾아서

그리그 | 〈페르귄트〉 제2모음곡 Op. 55 중 4번 〈솔베이지의 노래〉
루치아 폽(소프라노), 네빌 마리너(지휘), 아카데미 오브 세인트 마틴 인 더 필즈

제가 출연한 영화 중에 사람들이 가슴 아파하는 영화가 두 편 있는데요. 1980년대에 젊은 시절을 보낸 분들은 1986년에 개봉한 〈겨울 나그네〉를 보면서 굉장히 가슴 아파 하셨으며 그 느낌을 지금도 간직하고 계시는 것 같습니다. 그리고 하나는 그로부터 5년쯤 지난 후에 개봉한 영화가 있는데 지금 40대 초반쯤 되는 분들은 그 영화를 기억하고 있습니다. 그 이전 분들은 이 영화는 잘 기억 못하시더군요.

그 영화는 당시 100만 부인가 200만 부인가가 팔렸던 엄청

난 베스트셀러 소설 〈잃어버린 너〉를 영화화한 것입니다. 제가 주인공 엄충식 역을 맡았고, 자전적 소설의 주인공 김윤희라는 인물은 김혜수씨가 맡았고, 극 중에서 제 친구, 그러니까 엄충식과 김윤희 사이의 메신저 역할을 이경영씨가 맡아서 아주 즐겁게 촬영했던 기억이 있는데 영화 스토리는 몹시 가슴 아픈 이야기입니다.

갓 대학교에 입학한 윤희가 복학생 엄충식을 만나게 되고 사랑이 뭔지도 잘 모르면서 약혼을 하는데, 엄충식이 미국으로 유학을 갔다가 교통사고로 죽었다는 소식을 듣게 됩니다. 그런데 알고 보니 엄충식은 사고로 얼굴이며 몸이 만신창이가 되어 한국으로 돌아와 어느 외딴 골방에 숨어 혼자 움직이지도 못하는 채로 살아가고 있습니다. 그런 그에게 나중에 윤희가 찾아와 만나게 되고 지극정성으로 치료를 해보지만 결과는 좋지 않아서 엄충식은 세상을 떠나고 맙니다.

통속 드라마에나 나올 법한 이야기지만, 김윤희씨의 실제 이야기였기에 사람들이 많이 눈물 흘리고 가슴 아파했지요.

이 영화에 전반적으로 흐르던 아름다운 음악이 있습니다. 〈페르 귄트 모음곡〉의 첫 곡 〈아침의 정경〉이 많이 흐르는데 엄충식이 갓 대학생이 된 윤희에게 클래식을 가르쳐줍니다. '나는 아침마다 이 음악을 들으니 너도 이 음악을 들으면서 우리가

영화 〈잃어버린 너〉의 포스터
와 스틸컷.

교감을 하자' 하지요.

영화 후반부에 교통사고로 다친 곳이 왼쪽 얼굴이어서 그
부분에 흉측한 분장을 하게 됐습니다. 그때 마침 KBS의 〈밀
월〉이라는 미니시리즈를 찍고 있었는데 아이스하키 선수 역
할이었어요. 아이스하키 장면을 찍다가 실수로 넘어지면서
한쪽 얼굴을 다쳤습니다. 그래서 얼굴에 피멍이 들고 난리가
났죠.

그런 상태로 수안보에 있던 영화 촬영 현장에 갔더니 위로를
해주기는커녕 아주 흐뭇해하던 스태프들 얼굴이 떠오릅니다.
얼굴에 흉한 분장을 해야 하는데 이미 망가져서 왔으니 썩 나
쁘지 않았겠지요.

〈페르 귄트 모음곡〉은 〈인형의 집〉의 작가 헨리크 입센의 작
품에 그리그가 공연을 하기 위해서 음악을 작곡했는데 그중 여

덟 곡을 모아서 제1모음곡, 제2모음곡으로 정리한 것입니다.

〈아침의 정경〉 이외에도 유명한 곡이 있죠. 바로 〈솔베이의 노래〉입니다. 늙고 병든 페르 귄트가 먼 방황에서 돌아와서 하염없이 기다려준 솔베이의 품에 안겨 눈을 감는 장면에 나오는 음악입니다.

첫 해외여행, 첫 쇼핑,
그리고 카라얀의 명반

모차르트 | 바이올린 협주곡 3번 G장조
안네 조피 무터(바이올린), 헤르베르트 폰 카라얀(지휘), 베를린 필하모닉 오케스트라

제가 배우가 된 게 1978년이니까 스물두 살 때입니다. 1등으로 선발된 배우에게는 몇 가지 혜택이 있었습니다. 큰 상금도 있었고, 1년에 두 편 영화 출연 약속도 있었고, 운전 연수, 승마 교육 등등 좋은 혜택이 많았는데 그중 하나가 아시아영화제에 한국 대표로 보내준다는 혜택이었죠. 참가자 800여 명 중에 1등으로 뽑힌 덕분에 서울 촌놈(?)이 난생처음 비행기라는 것을 타고 홍콩과 싱가포르를 가게 됐습니다.

그때가 1979년 7월 말이었는데 홍콩은 너무 덥고 습했던 기

억이 있습니다. 그 당시는 대학생이 해외여행을 간다는 건 꿈도 못 꿀 시절이었죠. 특히 군대를 갔다 오지 않은 학생이 해외에 나간다는 것은 거의 불가능에 가까운 시절이었습니다. 저 역시 우여곡절, 온갖 난리를 친 끝에 겨우 홍콩에 도착했습니다.

같이 간 배우, 제작자, 취재기자 등등 일행들이 도착해 짐을 풀기 무섭게 쇼핑을 하러 돌아다닐 때 저는 레코드방으로 달려 갔습니다. 그때는 음반가게를 레코드방이라고 불렀고, 아마도 CD는 없던 시절이었던 것 같아요. 엄청 많은 LP들이 빽빽하게 꽂혀 있던 홍콩의 커다란 레코드방에 들어가서 하루종일 그 많은 음반을 보면서 "무슨 곡을 골라야 하나……" 하면서 마냥 좋았죠. 한국에서 가지고 있던 음반은 대부분 복사된 해적판, 쓰면 안 되는 불법 음반들이었습니다. 그런데 홍콩에서 원판을 보니까 알 수 없는 포만감에 젖게 되더라구요.

그중에 먼저 눈에 띈 것은 카라얀이 지휘하는 베를린 필하모닉 오케스트라 음반이었습니다. 제 평생 처음으로 산 원판인데, 모차르트의 바이올린 협주곡 3번과 5번이 실려 있었습니다. 카라얀의 얼굴이 박혀 있는 음반, 노란색의 그라모폰 라벨이 찍힌 음반은 일단 틀림없는 명반입니다. 첫 해외여행의 첫 쇼핑이 클래식 음반이었다는 사실이 지금도 스스로를 뿌듯하게 합니다.

연주자는 안네 조피 무터였는데 당시만 해도 우리나라에는 전혀 알려져 있지 않은 연주자였죠. 도이치 그라모폰 레이블과 카라얀 사진만 믿고 산 음반이었는데 나중에 알고 보니까 나름 역사적인 음반을 제대로 골라 온 것이었습니다. 독일의 신예 바이올리니스트 안네 조피 무터의 첫 음반이었으니까요. 그 곡을 녹음할 때 안네 조피 무터는 열다섯 살이었고, 모차르트는 열아홉 살에 곡을 작곡했고, 음반을 산 저는 스물세 살이었습니다. 열아홉 살 작곡자의 감성을 열다섯 살 소녀 바이올리니스트가 생생하게 살려낸 명반, 저의 스물세 살 청춘의 한순간을 관통한 한 장의 음반입니다.

윤정희,
백건우의 추억

가브리엘 포레 | 세 개의 로망스 무언가 중 3번
A플랫장조 '안단테 모데라토'
백건우(피아노)

제가 1978년에 영화진흥공사 배우 선발을 통해 영화 데뷔를 했는데요. 신인배우가 첫번째 영화에 주연으로 데뷔한다는 것은 하늘의 별 따기죠. 그런 행운으로 그해 10월엔가 첫 촬영을 하게 됐습니다.

상대 배우는 그 유명한 여배우 1세대 트로이카 윤정희씨였지요. 영화에서나 보고 성함만 들었던 윤정희 선배님을 촬영 현장인 충무(지금의 통영)에 내려가서 인사드리려고 숙소 근처 다방에서 만났는데 그때의 떨림은 이루 말로 다 할 수가 없었죠.

스물두 살밖에 안 된 신인 연기자인 대학생이 윤정희라는 당대 최고의 여배우와 영화를 찍는다는 것은 하늘이 내린 축복이나 마찬가지니까요.

무척이나 어색하고 떨렸던 기억이 납니다. 인사를 하고 다음 날부터 촬영을 하게 됐는데 실수투성이에 산만하기도 하고 아직 배우의 모양을 채 갖추지도 못한 젊은이가 나왔으니 영화 제작자나 김수용 감독님이나 윤정희 선배님이 볼 때는 좀 난감했을 거예요.

그런데도 늘 웃으시면서, 잘 못해도 가르치려 하시거나 그런 법이 절대 없었어요. 그때 윤정희 선배님에게서 큰 걸 배웠죠. 굳이 나서서 가르치지 않고 빙그레 웃어주기만 해도 상대방은 얼마든지 미안해하고 잘하려는 마음을 가진다는 것을…… 지금은 다 동시녹음이지만 그때는 후시녹음이었는데, 현장녹음 없이 입 모양으로만 말하는 걸 찍어 와서 남산의 스튜디오에서 성우들이 더빙을 했죠. 저는 완전 신인이니까 더빙할 자격이 주어지지도 않았어요.

제 역할은 다른 성우가 했는데, 윤정희 선배님은 직접 하더라고요. 그러나, 저도 배우는 학생의 입장이니까 더빙실에는 매일 나갔습니다. 그때 이틀째쯤 됐나, 컴컴한 더빙실 안에 앉아 있는데 정말 멋있는 분이…… 아, 어떻게 이야기할까요, 버버리

백건우 피아니스트와 함께.

코트에 스웨터를 두른, 배우보다 더 멋진 분이 서 있는 거예요. 그분이 윤정희 선배님의 남편이자 피아니스트인 백건우씨였습니다. 그때도 파리에서 이미 연주 활동을 하고 있었으니 아무래도 영화에 대한 수준이 높았겠죠. 그런데, 신인의 연기를 보면서 얼마나 답답했겠습니까. 창피해서 몸 둘 바를 몰랐는데, 저를 보고 '잘생겼다'고 말씀하셔서 "아! 예, 감사합니다!" 했던 기억이 납니다.

그후 그분이 한국에서 연주회를 하면 꼭 들으러 가기 시작했어요. 그분의 연주회 중에 가장 기억에 남는 연주가 있습니다. 10여 년 전쯤인 것 같은데, 호암아트홀에서 가브리엘 포레의 곡으로만 한 연주였지요. 포레의 곡이 너무 좋았던 그날의 기억…… 그 곡이 담긴 CD를 얼마나 많이 들었는지요.

막스 브루흐,
아내를 울리다

막스 브루흐 | 바이올린 협주곡 1번 G단조 Op. 26 중 2악장 '아다지오'
정경화(바이올린), 클라우스 텐슈테트(지휘), 런던 필하모닉 오케스트라

사람들마다 적성이라는 게 있는데, 어린 시절에 성적표를 보면 앞에는 국어, 영어, 수학, 과학 등이 있고 뒤로 가면 음악, 미술 체육 등이 나오지요. 음악, 미술, 체육 세 가지를 다 좋아하는 사람은 많이 없었던 것 같아요. 음악과 미술을 좋아하는 친구는 체육에 별로 관심이 없고, 체육과 음악을 좋아하는 친구는 미술에 관심이 없고, 미술과 체육을 좋아하는 친구는 음악을 별로 안 좋아하고……

국어는 좀 잘하는 편이었고 영어, 수학, 과학이 좀 떨어지는

데도 불구하고 그것이 별로 부끄럽지 않을 정도로 음악, 미술, 체육을 좋아하는 학생이었습니다.

음악, 체육이라는 것은 반드시 파트너가 필요합니다. 왜냐하면 음악회를 가려고 해도(물론 고수들은 혼자 다니긴 합니다만) 같이 갈 친구가 있어야 하고, 운동 중에서도 간단한 것, 예를 들면 볼링, 탁구, 테니스 같은 것들을 하려면 파트너가 필요하죠.

제가 생각하기에 제일 좋은 파트너는 배우자인 것 같아요. 특히, 체육은 그렇다 치더라도 음악에 있어서, 그중에서도 음악회에 다닌다면 내가 가고 싶은 날, 내가 가고 싶은 곳에 내가 함께 있고 싶은 만큼 있을 수 있는 가장 자유로운 상대는 배우자죠.

그런데 불행하게도 아내는 음악을 그리 좋아하는 사람은 아니었습니다. 음악 공부랄까, 음악 교육이랄까, 이런 과정을 거쳐야 제가 나중에 편하겠다는 생각이 들었습니다. 그래서 결혼하고 얼마 안 돼서부터 음악에 대한 이야기를 많이 들려주기 시작했습니다.

맨 처음에 제가 소개했던 작품은 베르디의 오페라 〈라 트라비아타〉였죠. 처음에는 조금 지겨워했어요. 그런데 곡 해설까지는 아니지만, 극의 스토리를 듣고 가만히 음악을 듣더니 어느새 아내도 오페라를 좋아하게 됐어요. 지금은 〈아 그이였던가〉를 참 좋아합니다.

그러다가 마침내 과감하게 협주곡에 도전하게 되었지요. 그때가 겨울이었습니다. 여섯시쯤 되니까 밖이 이미 컴컴해졌고 거실 조명을 다 끄고 촛불 하나만 밝히고 가지고 있는 제법 괜찮은 오디오 세트의 전원을 켰습니다. 그리고 CD 한 장을 올렸습니다.

"바이올린 협주곡 중에 좋아하는 곡이 많지만 이 곡은 뭔가 모르게 전율이 일어나고 왠지 다른 세계로 나를 이끄는 곡인데, 한번 들어보시지요."

아내는 원래 제 이야기를 잘 들어주니까 소파에 앉게 됐고 그 CD의 2악장을 틀었습니다. 바이올린 연주가 끊어질 듯 이어질 듯, 현란한 테크닉이 기가 막힌 곡입니다.

그런데 놀라운 일이 벌어졌어요. 가만히 듣던 아내가 들으면서 눈물을 흘리기 시작한 겁니다. 와, 이건 무슨 상황? 그날의 기억을 잊을 수가 없네요. 저도 감동하는 한편으로 속으로 쾌재를 불렀죠.

'이제 됐다, 내 노년의, 내 인생 후반기의 파트너가 생겼다!'

지금도 1주일에 한 번, 많으면 1주일에 세 번까지 음악회를 가는데 동반자는 언제나 아내입니다. 아내를 울린 그 곡, 막스 부르흐의 바이올린 협주곡 1번 G단조 중에 2악장입니다.

오보에에 맺힌 한,
색소폰으로 풀다

가브리엘 포레 | 〈파반느〉 F샤프단조 Op. 50
브랜포드 마살리스(색소폰)

저는 색소폰을 연주하는데요. 연주하게 된 계기는 싱거울 정도
로 단순합니다. 1997년인가 1998년 초쯤이었던 것 같아요. 그
때라고 기억하는 것은 로라 피지라는 가수의 노래가 크게 유행
하고 있었기 때문입니다. 〈Let There Be Love〉라는 노래, 기억
하시나요?

어느 날 저녁, 선배들과 생음악이 연주되는 주점에 갔는데,
음악이 나오는 주점은 대개 저녁 여덟시나 아홉시쯤 되어야 음
악이 시작되지요. 그런데 우리는 뭐가 급했는지 여섯시쯤에 가

서 앉아 있으니까 가게는 썰렁하고 다른 손님도 없고 스피커에 서는 로라 피지의 음반이 첫 곡부터 끝 곡까지 한 바퀴 돌고 두 바퀴째 돌아가는 상황이었습니다. 그제야 그 집에서 연주를 하는 악사가 출근해서 혼자 키보드를 연주하면서 중간에 플루트로 애드리브도 넣더니, 그다음 곡에서는 알토 색소폰으로 연주를 했습니다. 그런데 그날따라 왜 알토 색소폰 소리가 귀에 쏙 들어왔을까요.

음악이라는 게, 어느 날 문득 귀를 통해서 나에게 들어와 마음에 자리잡는 경우가 있는데 그날이 그런 날이었던 것 같아요. 같이 간 선배들은 열심히 드시고 있었지만, 저는 그 연주자의 음악에 더 관심이 갔고, 연주 몇 부분의 애드리브가 참 좋다고 느꼈어요. 그러다 문득, '저거 한번 해볼까?' 하는 생각을 갖게 됐습니다.

결심을 하면 추진력이 있는 편이라 음악을 들은 날이 수요일이나 목요일이었던 것 같은데, 주말에 낙원상가로 달려가서 색소폰을 샀습니다. 색소폰의 종류가 뭐가 있는지도 모르면서 무작정 산 거죠. 케니 G를 통해서 소프라노 색소폰은 알고 있었기에 그냥 소프라노 색소폰을 집어들었습니다. 〈다잉 영Dying Young〉이라는 영화를 통해서 케니 G를 알게 됐고, 케니 G를 통해서 소프라노 색소폰을 알게 된 거죠. 그래서 색소폰을 시작하게 되었습니다.

 이유는 정말 단순하죠? 그런데 당시에 제가 얼마나 이 악기를 좋아하고 연습하는 걸 좋아했는지 그때 저를 가르쳤던 분 말씀이, 고3 입시생보다 열심히 한다고 하시더군요. 그만큼 음악을 하고 싶었던 것 같아요. 어린 시절부터 동경하던 오보에를 불지 못했던 한이 여기서 폭발한 게 아닌가 싶더군요. 그다음부터는 온 세상이 색소폰을 통해, 색소폰 소리를 통해 열렸으니까요. 케니 G의 〈다잉 영〉에 나왔던 여러 음악도 많이 좋아했고 워런 힐의 음악도 좋아하고. 그러다가 클래식 색소폰 연주가를 알게 되죠. 색소폰 연주자 브랜포드 마살리스의 연주 중에 가브리엘 포레의 〈파반느〉을 들으면서 '아, 소프라노 색소폰이 이렇게 아름답구나'라고 생각하게 됐습니다.

처음 잡은 지휘봉,
놀랍고도 소중한 '상장'

헨리 비숍 | 〈즐거운 나의 집〉
조운 서덜랜드(소프라노), 리처드 보닝(지휘), 런던 심포니 오케스트라

중학교 2학년 때 학교에서 밴드부를 조직하겠다는 음악 선생님이 계셨습니다. 선생님께서 "밴드부 하고 싶은 사람 나와" 하시기에 무조건 손을 번쩍 들고는 앞으로 나갔습니다.

연주할 줄 아는 게 있느냐고 물으시기에 아무것도 못한다고 했더니 "그러면 너는 드럼을 쳐라" 이렇게 말씀하시더군요. 드럼이라야 풀세트 드럼이 아니고 작은 북, 조그만 드럼 하나 치는 건데, "너 그거 하면 될 것 같으니까 준비하고 있어" 이러시는 겁니다.

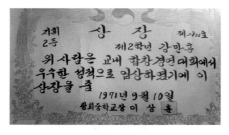

그래서 청계천으로 달려가서 드럼스틱을 사가지고, 스틱 잡는 법도 모르는 중학교 2학년짜리가 그때부터 밴드부 단원 행세를 했습니다. 같은 교정을 쓰던 성동공고에 밴드부가 있었는데 그 밴드부가 교련 시간에 행진을 하거나 연주를 하면 옆에 가서 드럼 치는 것을 보고 따라 하기도 했는데, 학교 사정 때문인지 다른 이유 때문인지는 모르겠지만 밴드부가 결성되지 못했습니다.

진용선 선생님이었다고 기억하는데, 음악 선생님 성함까지 기억하는 것을 보면 어린 제가 얼마나 밴드부를 하고 싶어했는지를 알 수 있을 것 같습니다. 아무튼 음악을 하고 싶어했던 거죠. 다른 행사에 대해서는 소심해서 나서지 못했음에도 불구하고 밴드부 같은 음악에 관한 일에는 손을 번쩍 들고 하겠다고 나섰으니까요.

중학교 2학년 어느 날 선생님께서 교내 합창대회가 열린다고 말씀하셨습니다. 합창대회는 파트별로 연습도 해야 하고 학생 중에 한 명이 지휘도 해야 했습니다. 반에 음악을 전공하는 친구들도 몇 명 있었는데, 제가 손을 들었는지, 아니면 친구들이 "얘요, 얘요" 하고 등을 떠밀었는지, 아무튼 얼떨결에 제가 지휘를 맡게 됐어요.

교회에 가서 선생님께 말씀 드리고 지휘를 어떻게 하는 거냐고 여쭈었더니, 왼손은 하나, 둘, 셋, 넷…… 하면서, 오른손은 위아래로 저으면서, 이렇게 저렇게 하라고 가르쳐주셨습니다. 그때 불렀던 곡이 정확치 않은데 〈즐거운 나의 집Home Sweet Home〉이 아니었나 싶습니다. 후들거리는 다리로 지휘를 했지요.

그런데, 놀랍게도 그 대회에서 우리 팀이 지휘 2등상을 받았습니다. 꿈같은 일이 벌어진 거죠. 그 지휘상이 저에게 얼마나 귀하고 소중했던지, 그 상장을 지금도 간직하고 있을 정도입니다. 1971년에 받은 것이니 아주 고풍스러운(?) 상장이죠.

〈즐거운 나의 집〉은 비숍의 곡이죠? 학생 때 많이 부르기도 했습니다. 그런데 어느 날 제가 좋아하는 호주 출신 성악가 조앤 서덜랜드의 은퇴 공연을 DVD로 보게 되었는데 수많은 오페라의 아리아 등 주옥같은 노래를 부른 세계적인 소프라노 조앤 서덜랜드가 은퇴 공연 마지막 곡으로 〈즐거운 나의 집〉을 부르는 데 깜짝 놀랐습니다.

나중에 생각해보니 세계적인 대가이지만 동요 같은, 우리가 쉽게 불렀던 이 곡을 선택했다는 사실이 깊은 울림을 주었습니다. '인생'과 '집'과 '가족'에 대해 여러모로 생각해보는 계기가 되기도 했습니다.

회색빛 우울한 젊음을 감싸주던
명동의 '필하모니'

브람스 | 교향곡 3번 F장조 Op. 90 중 3악장 '포코 알레그레토'
헤르베르트 폰 카라얀(지휘), 베를린 필하모닉 오케스트라

저의 20대 초반, 그러니까 대학교 2, 3학년 때는 뭔가 많이 결
핍되어 있고, 갈 데도 별로 없고, 할일도 별로 없었던, 색깔로
얘기하면 컬러는 찾아볼 수 없는, 회색에 가깝고 비 오는 날같
이 우중충한 날들이 더 많았던 것 같습니다. 제가 중학생 때쯤
에, 친구의 큰형님이 대학생이었는데, 그분에게 우리가 물어봤
습니다. 대학생활 재밌냐고요. 그 형님의 대답이 지금도 선명하
게 기억에 남아 있습니다.

"대학생활은 돈 있으면 재밌고 돈 없으면 재미없어."

형님의 말이 맞았습니다. 저의 대학 시절은 돈이 없었기 때문에 참 재미가 없었습니다.

당시에는 시간이 남아돌았고, 그 많은 남는 시간을 하릴없이 보낸다는 것은 참으로 괴로운 일 가운데 하나였습니다. 물론 술을 좋아하는 친구들은 해가 떨어지기 전부터 막걸리에 빠지곤 했지만 저 같은 사람들은 술과도 연이 없어서 하루가 참으로 길고 지루했던 기억이 납니다. 그때 갈피를 못 잡고 방황하며 잡념이 많았던 저에게 동굴 같은 피난처가 명동에 있었습니다.

당시 일반 가정집에서는 전축이라는 것이 귀했습니다. 그래서 클래식뿐만이 아니라 팝송이나 가요도 마음껏, 마음이 충족될 만큼 들을 수 없었기에 길거리 전파상에서 흘러나오는 음악에 마음이 끌리면 그곳에 한참을 서서 그 음악을 다 듣고 가곤 했습니다.

그런데 명동에 클래식 음악을 들을 수 있는 곳이 있었습니다. 충무로가 시작되는 곳쯤에 있었는데, 하도 오래전이라 기억이 가물가물하긴 합니다만 1층에서 티켓을 끊어서 좁은 계단을 올라가면 3층인가 4층인가. 올라가서 조그만 문을 열고 들어가면 의자가 몇 개 놓여 있었습니다. 거기에서 티켓으로 주스나 음료수 한 잔을 바꿔 마시고 이야기할 사람들은 이야기하고 혼자 책 읽을 사람들은 책 읽고, 음악을 듣고 싶은 사람들은 또하

명동의 '필하모니'.

나의 문을 열고 음악감상실로 들어가곤 했습니다.

1970년대에 대학을 보낸 분들은 아마 명동의 '필하모니'를 이미 떠올리고 추억에 잠기셨을지 모르겠는데 그때 그곳은, 앞에서 동굴이라고 표현했지만, 미래도 비전도 없는 그 패잔병 같은 나를 위로해주고 안아주는 아주 따뜻한 곳이었습니다. 물론 겨울에 가면 연탄난로가 있어서 그 난로가 더욱더 저를 따뜻하게 해줬던 기억도 납니다. 지금은 어떤 곡을 들었는지 기억이 나진 않지만 음악감상실 앞 칠판에 백묵으로 그날 연주되는 곡의 리스트가 적혀 있었던 게 기억이 나는데, 지금 우리가 알고 있는 라흐마니노프라든가, 쇼스타코비치 같은 작곡가는 그 명단에 올라온 적이 별로 없었던 것 같아요.

당시에는 브람스라든가, 차이콥스키라든가, 베토벤이라든가, 바그너라든가, 약간 무거운 느낌의 곡을 쓴 유명한 작곡가들의 이름이 올라온 걸 보면 그들의 음악이 그때 우리 사회를 대변

하는 곡들이 아니었나 하는 생각이 듭니다.

참 오래전이긴 한데 그 입구에 조그만 창이 뚫려 있어서 거기다 1000원인가 내면 아주 허름한 종이 딱지 하나를 주고 올라가서 음악감상실에 가 있으면 음악을 듣는 것인지, 잠을 자는 것인지 알 수 없을 만큼 정말 오랜 시간을 보낼 수 있었습니다.

다른 다방에 가서 한 시간 이상, 속된 말로 '죽치고' 있으면 다방 아가씨들이 물컵을 테이블에 쾅쾅, 소리가 나게 놓으면서 빨리 나가라는 신호를 보내곤 했죠. 그런데 '필하모니'는 전혀 그런 일이 없었고 그런 일을 하는 직원조차 없었습니다. 그래서 그곳을 좋아했고 거기서 한 곡, 두 곡 음악을 들으면서 음악과 저의 인생은 거의 하나가 되기 시작하지 않았나 생각합니다.

추억 속의 명동의 '필하모니'. 그 시절로 돌아갈 수만 있다면…… 들은 곡이 어떤 곡이었는지 기억은 안 나지만 아마 어느 날엔가는 브람스의 교향곡 3번 3악장을 한 번쯤 듣지 않았을까요. 그 곡이 지닌 쓸쓸함을 알지도 못한 채 말이죠. 당시 우리가 아는 지휘자와 오케스트라 중에서는 헤르베르트 폰 카라얀이 지휘하는 베를린 필하모닉 오케스트라가 최고였습니다. 노란 딱지의 그라모폰 라벨이 붙어 있는 바로 그 음반이었죠.

새처럼 날아가버린
그 남자에게 바친다

호아킨 로드리고 | 〈아랑훼즈 협주곡〉 2악장 '아다지오'
크리스토퍼 파크닝(기타), 앤드루 리턴(지휘), 로열 필하모닉 오케스트라

'어디서부터 이야기를 해야 할까……'

이렇게 시작되는 영화들이 참 많습니다. 영화 〈러브 스토리〉
도 그렇게 시작되지요. 센트럴파크의 스케이트장 옆 스탠드에
앉은 남자 주인공이 '어디서부터 이야기를 해야 할까'라고 말하
면서 시작되고, 제가 출연했던 영화 〈겨울 나그네〉도 현태 역을
맡았던 안성기씨의 독백으로 시작됩니다.

'어디서부터 이야기해야 할까……'

그 영화는 보신 분들의 가슴속에도 깊이 남아 있지만 배우인

저 개인에게도 보석 같은 작품입니다.

하지만 오늘은 영화 이야기가 아니라 '사람' 이야기를 하겠습니다. 곽지균 감독. 제가 스물세 살 때 데뷔한 〈여수〉라는 영화에서 연출부 막내였던 곽감독을 처음 만났습니다. 영화 연출부는 감독 밑에 조감독인 퍼스트, 세컨드, 서드가 있는데 그분은 그중 서드였죠.

서드는 연출부라기보다는 현장의 촬영 내용을 기록하는 기록원 역할이자 막내인데, 저는 배우로 막내여서 현장에서 만나는 순간 뭔가 마음이 끌렸습니다. 막내끼리, 막내의 설움이나 어려움이 있어서 그랬을까요. 하여튼 그런 것 때문에 서로 마음이 통했던 것 같습니다.

그 당시, 로케이션 때문에 보름쯤 내려간 곳에서 불미스러운 일이 생겼습니다. 숙소에서 제가 갖고 간 용돈이 없어졌는데 누가 가져갔는지 알 수 없었고, 찾을 생각도 하지 않았을 뿐 아니라 찾을 수도 없었죠.

그때 연출부의 막내였던 곽지균 감독이 자신의 용돈을 저에게 나눠주면서 "촬영하는 동안에 나눠 쓰자!" 했고, 그렇게 두 사람의 우정이 시작됩니다.

저의 두번째 영화에서 곽지균 감독은 조감독 퍼스트로 제 앞에 나타나고, 세번째 영화에서는 드디어 감독으로 만나게 됩니

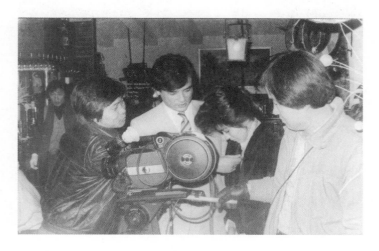

영화 〈겨울 나그네〉 촬영 현장의 곽지균 감독(맨 왼쪽)과 나(가운데). 훗날 그가 그렇게 날아가버릴 줄 그때는 몰랐다.

영화 〈겨울 나그네〉 포스터와 스틸컷.

다. 곽감독의 작품을 보면 흔들리는 청춘과 외로운 청춘과 늘
자살을 암살하는 젊은이의 이야기가 있는데, 〈겨울 나그네〉를
찍을 때는 사실 잘 몰랐습니다.

왜냐하면 곽감독도 감독 데뷔작이기 때문에 긴장을 많이 했
고, 영화의 원작자이자 각색자이신 최인호 형님이 우리 둘을,
그분 표현 그대로 옮기자면 '똘마니' 취급을 했습니다. "야, 두
똘마니!" 하면서 얼마나 예뻐했는지요.

곽감독도 사랑을 많이 받아서 그때는 몰랐는데, 그 영화를 찍
어가면서 한 사람의 슬픔, 어둠의 그림자를 계속 보게 되는 거
죠. 그 '민우'라는 역할뿐만 아니라 그후에 만들어진 곽감독의
청춘물을 보면 항상 어두운 청춘, 얘기하지 못할 비밀을 가진
인물이 그려졌는데 그것 역시 본인 이야기였습니다.

세월이 많이 흐른 후에 외로움 많이 타는 곽감독이 어떻게 지낼까 궁금해서 만나고 싶어서 여러 번 연락을 했고, 영화 작업을 준비하는 영화사에 전화를 걸어서 제가 만나고 싶어한다고 전해달라고 여러 번 전했음에도 불구하고 끝내 연락이 오지 않았습니다. 또, 제 일에 바빠 잊고 살던 어느 날, 곽감독이 세상을 스스로 등졌다는 뉴스를 들었습니다.

이미 그의 그런 행동은 〈겨울 나그네〉 후반부터 우리에게 암시되어 있었다고 저는 생각합니다. 그럼에도 불구하고 왜 그를 보듬어주지 못했을까, 왜 그 사람에게 더 따뜻하게 대해주지 못했을까, 하는 자책을 겨울이 오면 지금까지도 하고 있습니다.

〈겨울 나그네〉 마지막 장면을 많은 분들이 기억하시는데 민우가 스스로 불에 몸을 던져서 세상을 떠나는 자살 장면에 흐르던 곡은 〈Follow Me〉입니다. 데미스 루소스의 음성이죠. 그곡의 원곡은 로드리고의 〈아랑훼즈 협주곡〉 2악장인데 그 음악을 들을 때마다 그 영화가 좋았던 것이 기억나는 게 아니라, 한 사람의 외로움과 그 사람에게 사랑의 손길이 필요하다는 것을 알면서도 왜 내가 다가가지 않았을까, 하는 후회를 많이 하게 됩니다. 그런 식으로 세상을 버릴 줄 몰라서 그랬겠죠. 알았더라면 그렇게 두지는 않았겠지요.

그의 죽음 후 부산국제영화제에서 그의 추모식 사회를 보며 정말 많이 후회하고, 곽감독의 가족들에게 얼굴을 들 수 없었던 몇 년 전의 일이 떠오르곤 합니다. 〈아랑훼즈 협주곡〉 2악장은 저에게는 한 남자에 대한 기억, 동반자이자 친구이자 형이었던 그 남자에게 미처 표현하지 못했던 사랑에 대한 아픈 후회가 담겨 있는 곡입니다.

전방의
메리 크리스마스

아돌프 샤를 아당 | 〈오 거룩한 밤〉
알레드 존스(보이 소프라노), BBC 웰시 소년 합창단

크리스마스, 하면 떠오르는 정경이 있습니다. 제가 성가대 출신
인데요. 초등학교 때였습니다. 초등부 성가대였는데 우리 성가
대가 아주 잘했습니다.

　당시에는 교회연합으로 성가경연대회라는 게 있었는데 우리
교회의 어린이 성가대는 나가면 항상 1등이었습니다. 대회에
나오는 10여 군데 교회의 어린이 성가대들이 제가 다니던 교회
성가대가 등장하는 순간, '1등은 안 되겠구나' 하는 말이 나을
정도였죠.

병사들의 크리스마스를 밝혀준 꼬마 성가대원들. 셋째 줄 맨 오른쪽 까까
머리 꼬마가 나다.

아마 5학년 겨울이었을 거예요. 크리스마스를 앞둔 23일이나 24일쯤 됐을 겁니다. 전방 부대의 성탄예배 시간에 성가를 부르기 위해 전방에 간 적이 있습니다. 당시 퇴계로 5가에 있던 교회에서 일산까지 가는 길은 지금으로 치면 강원도 두메산골을 가는 것만큼이나 힘든 일이었습니다. 지금처럼 자유로가 있었던 시절도 아니었으니까요.

서울역에 가면 뒤편에 서부역이라는 게 있었는데 서부역에서 교외선을 타고 일산역이나 백마역, 그쯤에서 내렸던 것 같아요. 그때는 겨울이면 왜 그렇게 춥고 캄캄했는지요. 그곳은 가로등도 거의 없고, 몇 개 있는 가로등마저도 말 그대로 졸고 있는 듯했지요. 가로등이 있다는 걸 보여주기 위한 불빛이었지, 거리를 비추기엔 미약한 불빛이어서 '참 어둡다'는 생각이 들었습니다.

퇴계로 5가에서 서부역까지 버스를 타고 가는 것만으로도 대부분의 아이들이 멀미를 했습니다. 그때는 버스에서 냄새가 참 많이 났거든요.

겨울에 버스를 타면 운전기사 옆의 엔진 위가 최고의 상석이었습니다. 따끈따끈했으니까요. 그렇게 버스 타고 서부역까지 가는 동안에도 멀미약까지 먹었으니 우리가 체력이 약했던 건지, 버스가 익숙하지 않았던 건지는 모르겠지만 이미 탈진 상태가 되었지요. 몸이 약한 여자아이들은 거의 초주검이었어요. 그렇게 캄캄한 밤, 낯선 기차역에 내렸습니다.

기차역에는 군용 트럭이 마중나와 있었고 그 트럭에 30여 명의 어린 성가대원들, 그리고 지휘자와 반주자가 줄줄이 올라탔습니다. 12월 말에 군용 트럭에 탔으니 추위가 어마어마했을 겁니다. 비포장도로를 한참을 달려갔는데 가로등 하나 없는 길이었어요. 그때는 일산이 전방 중에서도 전방이었던 거죠.

어느 부대에 도착한 뒤 구내식당에 갔고 거기서 병사들이 끓여주는 국밥을 먹고 기운을 겨우 차린 후 하얀 성가대 가운으로 갈아입고 조그만 막사 같은 예배당으로 들어갔습니다. 어른이 서서 팔을 뻗으면 천장에 닿을 정도로 조그맣고 허름한 막사였죠.

빈약하지만 나름대로 애를 쓴 크리스마스트리도 놓여 있었습니다. 병사들은 너무 추워서 목장갑 같은 걸 끼고 있었던 것 같아요. 물론 예배당 안에는 장작을 때는 난로가 놓여 있기는 했지만 어린 눈에도 병사들이 참 추워 보이고 측은하게 비쳤습니다.

어쩌면 그 병사들 눈에는 하얀 가운을 입은 어린이 성가대의 모습이 천사로 보이지 않았을까 하는 생각이 들어요. 전방이었고, 몹시 추운 겨울이었고, 또 군대라는 특수한 공간에서 어린이들이 불러주는 캐럴과 성가곡이 그들의 귀에 얼마나 아름다운 천사의 음성으로 들렸을까, 하는 생각을 해봅니다. 어쩌면 그 병사들은 우리와는 다른 생각이었는지도 모르지만요.

가끔 일산을 지날 때마다 그런 생각이 들어요. 1968년에 왔던 곳인데 지금은 하나도 알아볼 수 없을 만큼 변해버린 일산을 보면서 그때 그 병사들은 모두 어디로 갔을까, 그 병사들 가운데 그날의 크리스마스 예배를 기억하고 있는 사람이 있을까, 돌아오는 길에도 멀미 때문에 창백한 얼굴이 되었던 30명 남짓한 성가대원들 중에 그 막사를 기억하는 사람이 몇 명이나 있을까, 하는 생각을 합니다.

어린 시절에 성가대원을 하면서 크리스마스 시즌이 오면 많이 불렀던 곡들도 떠오르는데요. 지금 생각해보면 어린아이들이 부를 만한 곡은 아니었어요. 그때는 워낙 성가곡이 없었기 때문에 어른 곡, 아이 곡 할 것 없이 모두 불렀던 기억이 납니다. 그때 성가대를 지휘했던 장영의 선생님도, 반주자 선생님의 얼굴도 기억이 나고요.

세월이 많이 흘렀지만 그날의 일은 아직도 뚜렷하게 기억하고 있습니다. 그때 불렀던 성가가 〈오 거룩한 밤O Holy Night〉이었습니다.

어머니는 글을 쓰고,
아들은 피아노를 치네

슈베르트 | 네 개의 즉흥곡 D. 899 Op. 90 No. 3 G플랫장조 '안단테'
김정원(피아노)

제가 출연한 드라마 중에서 1982년에 시작한 〈보통 사람들〉을
기억하는 분들도 많으실 겁니다. 그런데, 제 마음속의 드라마는
다른 것입니다. 1991년쯤이었던 것 같아요. KBS 주말 연속극
이었는데 〈사랑을 위하여〉라는 드라마가 있었습니다.

기억나시나요? 옥소리씨와 제가 주인공을 맡았었죠. 출생의
비밀에 관한 드라마니까 어떤 분들은 막장 드라마 구조라고 말
씀하시겠지만, 당시에는 그런 평가를 단 한 사람도 하지 않았
습니다. 왜냐하면, 사랑이 너무 절절했으니까요. 막장 드라마는

출생의 비밀을 둘러싸고 악다구니를 부리며 싸우지만 이 드라마는 너무나 아름다운 이야기였습니다.

헤어짐과 이별이 너무 슬퍼서 정말 많은 사람들이 울었고, 과연 저 주인공들이 어떻게 다시 헤어지고 어떻게 다시 만날 것인가 궁금해하며 많은 분들이 매주 토요일과 일요일을 기다렸던 생각이 납니다.

하나 아쉬운 것은 당시에 KBS 주말 드라마는 〈사랑을 위하여〉였고, MBC 주말 드라마는 〈아들과 딸〉이었는데 시청률 경쟁에서는 〈사랑을 위하여〉가 조금 열세였죠. 그러나 많은 마니아들과 적지 않은 분들이 본 드라마입니다.

그 드라마를 쓰신 분이 이금림 선생님입니다. 성격도 대본도 아주 섬세한 분이죠. 요즘은 드라마 대본이 늦게 나와서 말도 못하게 고생들 하는데 예전 작가들은 다음 대본이 한 주 전에 나왔습니다. 드라마의 한 주분 두 편, 토요일과 일요일 분량의 70분씩, 총 140분을 1주일 만에 써내면서 재미와 감동을 준다는 것은 참 어려운 일이란 생각을 많이 했는데요.

작가 선생님이 원고를 탈고하고 난 뒤 허전해하는 모습은 피아니스트가 온 정열을 바쳐서 협주곡 연주를 끝낸 후에 몸을 가누지 못할 지경이 되어 한 손으로 피아노를 잡고 몸을 지탱하면서 인사를 하는 모습과 사뭇 닮았더랬습니다. 그래서 원고가 탈고되고 리딩을 하는 날에는 작가 선생님과 몇몇 젊은 연기자가 모여서 노래도 부르러 가고 맥주도 마시러 가면서 작가 선생님을 위로했던 기억이 납니다.

드라마 〈사랑을 위하여〉는 사랑 얘기로도 유명하지만 러시아 음악 한 곡이 그 드라마를 통해 세상에 알려지게 되면서 아주 많은 분들이 그 음악을 좋아했습니다. 우리말로는 '고백'이라는 곡이었는데요. 곡의 내용은 모르지만 사랑하는 장면, 고통스러운 장면에서 이 음악이 깔리며 감정이 고조됐던 기억이 납니다.

이 드라마를 특별히 기억하는 이유는 이때 제 아들이 태어났기 때문이에요. 당시, 아들의 백일을 맞아 드라마 출연자들이 우르르 저희 집에 몰려와서 축하해줬던 기억이 납니다. 1992년 2월인가, 아들의 백일잔치를 하던 그즈음에 작가 선생님이 많이 우울해하셨어요. 작품을 쓰는 것도 고통이지만 사랑하는 어린 아들이 외국으로 유학을 떠나게 됐거든요. 중학생이었는데 오스트리아로 유학을 간다는 얘기를 들었습니다. 그후로는 아들에 대한 얘기를 들어본 적이 없습니다.

그러던 어느 날, 음악계에 혜성같이 나타난 젊은 피아니스트가 있었습니다. 이금림 선생님의 아들이었죠. 그 연주자의 음악회에 가면 선생님은 주먹을 꼬옥 쥔 채 조용히 앉아 음악을 듣고 계셨습니다. "어때요, 선생님?" 하고 여쭤보면 "숨이 막힐 것 같애"라고 말씀하셨죠. 이제는 가정을 이룬 다 큰 아들인데도 애틋한 어머니의 마음은 어쩔 수가 없나봅니다.

그 피아니스트의 이름은 김정원입니다.

어머니는 글을 쓰고, 아들은 피아노를 치네

그래도 내일은
내일의 해가 뜬다

헨리크 비에니아프스키 | 〈전설〉 G단조 Op. 17
바딤 레핀(바이올린), 이리나 비노그라도바(피아노)

한 해가 저물고 새로운 한 해가 시작되는 즈음이면 '어제와 같은 오늘, 오늘과 같은 내일로 사는 것이 좋다'고 말은 하면서도 어쩔 수 없이 깊은 상념에 빠지게 됩니다.

특히 요즘같이 우리 젊은이들이 많이 힘들어 하는 것을 보면 나의 청춘은 어땠던가 많이 돌아보게 되지요. 지금의 젊은 사람들이 하는 고민을 우리 때도 했고, 우리 때는 정말 가진 게 없었죠. 얼마 전에도 아내와 산책을 하면서 그런 말을 했습니다. "나는 20대 때 정말 너무 가진 게 없었던 것 같아"라고 말이죠. 아

헨리크 비에니아프스키(1835~1880).

내, 예쁜 딸, 멋진 아들도 물론 없었고, 내 집도 없었고, 변변한 텔레비전도 없었고, 전축은 당연히 없었고, 라디오도 조그만 트랜지스터라디오 하나뿐이었고요.

그걸 생각하면 지금의 삶이 얼마나 행복한지요. 젊은 사람들에게 그런 고생을 하라고 강요하고 싶은 생각은 없지만 그런 가운데서도 희망을 가지고, 꿈을 가지고 어느 방향인지 모르면서도 열심히 살았던 결과 지금의 행복을 누리고 있다고 말하고 싶습니다. 그 당시, 저의 가장 큰 소망은 음악을 마음껏 듣는 거였는데 전축은 꿈도 못 꿨고, 레코드판도 귀한 시절이어서 뭐 하나 변변한 취미를 가질 수가 없었습니다.

음악을 마음껏 들을 수 있고, 음악가를 알게 되고 음악을 즐기며 산다는 것만 가지고도 요즘엔 얼마나 행복한지요. 〈아름다운 당신에게〉를 진행하게 되면서 라흐마니노프를 새롭게 알게 되고, 라흐마니노프를 공부하게 되면서 얼마나 행복했는지 모릅니다. 그리고 두어 해 전 크리스마스이브에 음대 교수들과 저녁식사를 하다가 헨리크 비에니아프스키라는 19세기 폴란드 음악가를 알게 됐어요.

그날 저녁부터 며칠 동안 그의 음악을 계속 듣고 그의 인생을 공부하고 그가 어떤 사람이었는지 알아가면서 행복하게 음악을 감상하고 있습니다. 바이올린의 비르투오소인 파가니니와 견줄 만한 작곡가이자 연주자는 비에니아프스키밖에 없지 않나 싶습니다. 잘 알고 계시겠지만 그의 바이올린 협주곡 1번과 2번을 들어보기를 권합니다. 특히 비에니아프스키의 〈전설〉은 귀에 익은 멜로디 부분이 있을 겁니다.

1979,
홍콩

바그너 | 트리스탄과 이졸데 3막 〈사랑의 죽음〉
마리아 칼라스(노래), 아르투로 바실레(지휘), 토리노 이탈리아 라디오 심포니 오케스트라

요즘은 명절이나 연휴가 되면 해외로 나가는 분들이 많지요. 이 것은 해외여행 '자유화' 이후에 벌어진 일들입니다. 1980년대 초반에 해외여행 자유화가 된 것 같은데 그 이전에는 마음대로 해외에 나갈 수 있는 자유가 없었다는 얘깁니다. 곧 해외에 나 가려면 정부 기관이나 해당 부처의 교육을 받고 허락을 받아야 만 나갈 수 있었던, 지금 생각하면 이해가 안 되는 그런 일들이 우리 현대사에서는 버젓이 일어났었습니다.

　제가 처음 해외에 나간 게 1979년인데 그때만 해도 지금과

영화 〈사랑의 스잔나〉 포스터.

는 아주 다른 분위기였죠. 비행기를 타기 전에는 남산 기슭에 있는 반공 센터였던가요, 거기 가서 소양 교육을 이수해야만 했습니다.

영화배우가 되면서 저에게 해외여행의 기회가 주어졌어요. 그 당시 아시아영화제라는 행사가 있었는데 지금도 있는지 모르겠습니다. 우여곡절 끝에 영화제가 열리는 홍콩에 도착했는데요. 1970년대 말의 우리나라는 네온사인도 많지 않았고 간판도 많지 않았고 어둑어둑한 분위기였습니다. 서울을 벗어나서 수도권이나 지방으로 내려가면 깜깜한 밤이었죠.

그런데 홍콩에 처음 내렸을 때의 느낌은 불야성이라는 단어 그대로였던 것 같아요. 도시 전체가 네온사인 아닌가 싶은 생각이 들 정도로 말이죠. 건물과 사람은 안 보이고 네온사인과 광고만 보일 정도였습니다. 서울 촌놈이라고 표현해도 뭐라 못할 만큼 어리둥절하고 신기했죠. 사람들은 동양인이어서 그렇게 생경하지 않은데 도시를 보고는 아주 놀랐던 기억이 있습니다.

아시아영화제는 싱가포르에서 열렸는데 우리 일행은 홍콩에서 1박을 하고 비행기 시간에 맞춰서 싱가포르로 갔습니다. 싱가포르에는 아시아의 유명 영화배우들이 많이 왔고 우리나라에서도 많은 배우와 갈라쇼를 위한 가수가 같이 갔습니다.

그런데 제 눈에 보이는 사람은 딱 한 명밖에 없었습니다. 1976년에 개봉했던 〈사랑의 스잔나〉라는 영화를 기억하시죠? 진추하와 아비라는 영화배우를 기억하실 테고, 그 영화에 흘렀던 〈One Summer Night〉이라는 노래와 졸업 때가 되면 늘 들을 수 있는 〈Graduation Tears〉라는 음악이 그 영화를 통해서 얼마나 우리에게 기쁨을 주고 감동을 줬는지 모릅니다. 그 영화의 주인공, 모든 여성들이 좋아했다고 해도 과언이 아닌 아비를 만나게 됐습니다.

아비를 본 순간 얼마나 사인을 받고 사진을 찍고 싶었던지요. 저는 평소에는 수줍음도 많고 내성적인 성향인 사람인데 그럴 때는 어디서 그런 용기가 솟아나는지 모르겠습니다. 그분과 옆에 앉아서 사진을 찍게 됐고 그 사진을 지금까지도 보관하고 있습니다.

세월이 많이 지난 2006년, 〈사랑의 스잔나〉 개봉 30주년이 되는 그해에 아비와 진추하가 영화가 개봉됐던 서울의 허리우드극장에 다시 모습을 보였습니다. 그때 저도 초청을 받아서 극장을 갔는데요. 거기서 만난 두 배우의 모습은 예전과 아주 달랐습니다.

진추하는 돈이 많은 말레이시아인과 결혼을 해서 더 화려하고 귀부인의 느낌이 나는 데 반해 남자 주인공 아비는 거의 동네 아저씨 같은 일반인으로 돌아간 듯한 분위기여서 〈사랑의 스잔나〉에서의 산뜻한 느낌은 찾아볼 수 없었습니다. 한때 열광했던 스타의 의외의 모습을 보면서 '배우는 무엇으로 사는가?' '스타는 영원하다는데 과연 그럴까?' 하며 쓸쓸히 극장을 빠져나오면서 많은 생각을 했습니다.

젊은 날에 홍콩에 갔을 때 받았던 그 도시의 화려한 느낌을 생각하면, 1890년대 후반 미국 뉴욕음악원의 원장으로 초청받아 가서 미국을 보고 교향곡 〈신세계로부터〉를 쓴 드보르자크가 받은 느낌도 비슷하지 않았을까 합니다. 신문물인 기차 구경하기를 좋아했다는 드보르자크가 느낀 '신세계'와 공항에서 비행기가 뜨고 내리는 광경을 황홀하게 바라보던 저의 '신세계'는 과연 어떤 차이가 있을까요.

차가운 밤,
은빛 달에게 부쳐

드보르자크 | 오페라 〈루살카〉 중 〈달에게 부치는 노래〉
안나 네트렙코(소프라노), 자난드레아 노세다(지휘), 빈 필하모닉 오케스트라

많은 분들이 겨울이 되면 따뜻한 것을 그리워하고 바깥보다는
집안에 있기를 더 원하는데 그것이 절대적으로 불가능한 일이
있습니다. 바로 드라마의 야외 촬영입니다. 우리의 촬영 현실이
편안한 편이 아니어서요. 예를 들면 주말인 토요일, 일요일에
나가는 드라마를 주중 수요일이나 목요일까지 찍기도 하고 때
로는 일요일 방송 분량을 토요일 오전까지 찍어 급히 편집해서
방송하기도 하니, 날씨가 춥다고 해서 피해 갈 수도 없죠.

많은 연기자들과 스태프는 지난밤에도 한강 둔치든, 시골의

길모퉁이든 어디에선가 추운 밤을 보냈을 것입니다. 젊을 때 한창 뛰어다닐 때는 몰랐는데 나이가 들면서 후회되는 게 몇 가지가 있는데요.

아주 오래전에 MBC에 〈김형사, 강형사〉(1990)라는 드라마가 있었습니다. 김형사는 가수 혜은이씨 남편 되는 김동현 선배였고, 강형사는 바로 전데, 그해에 둘 다 결혼을 하는 바람에 1990년이 기억에 남습니다. 이 드라마는 형사물이었고 범죄 수사물이기 때문에 많이 뛰어다녀야 했습니다. 평지를 뛰는 것은 다반사이고 담장을 펄쩍 뛰어넘어야 하는 일도 비일비재했지요.

위험한 신들을 위해 스턴트맨들이 나와서 대기하고 있습니다. 그런데 젊은 혈기에 스턴트맨을 돌아가게 하고 제가 직접 뛰다가 발목을 다친 기억이 한두 번이 아닙니다. 그런데 요즘 그 스턴트맨 생각이 가끔 나면 왜 그렇게 후회가 되는지요. 그 스턴트맨은 드라마에 출연한다고 열심히 몸을 만들었을 것이고, '내가 오늘 나가면 돈을 얼마를 번다!' 하고 마음먹고 나왔을 텐데 그 사람을 빈손으로 돌려보낸 것입니다. 그때는 왜 그런 생각까지 못했는지 모르겠습니다.

요즘 젊은 후배들을 만나면 꼭 얘기해요. 스턴트맨이라든가 대역이 왔을 때는 꼭 그분들더러 일을 하도록 하라고 말이죠.

물론 배우가 직접 액션을 할 수도 있지만 그 사람에게는 생계가 달려 있고, 나름대로 자신의 영역 안에서는 명예도 걸려 있는데 그것을 너무 몰라줬던 것이 후회막심이라는 얘기를 많이 합니다.

촬영 현장에서 대역이나 단역 하시는 분들도 참 고생이 많습니다. 우리는 그래도 주연 배우라고 가끔 차에 가서 쉬기도 하고 근처에 따뜻한 카페가 있으면 스태프가 빌려줘서 들어가 쉬곤 하는데 대역이나 단역 하시는 분들은 그런 것으로부터 소외당하죠.

예전에는 그런 것들을 당연시했고, 나의 역할과 그 사람의 역할이 다르다 생각했는데 그 점이 인생을 살면서 후회되는 것 중 하나입니다. 왜 그분들을 배려하지 못했을까 하는 생각이 드는 거죠. 드라마는 꼭 필요한 사람들이 만나서 꼭 필요한 역할을 합니다. 누가 더 중요하고, 누가 덜 중요하다는 것은 없는데 말입니다.

요즘 그런 생각을 하면서 후회를 정말 많이 합니다. 날씨가 추워지면 강가에서 뺨을 맞았던 신도 떠오르고 고생했던 기억이 많이 납니다. 어쩌면 어젯밤에도 그렇게 고생했을, 이름도 기억하지 못하고 이젠 얼굴도 기억이 나지 않는 그분들을 떠올리면서 뒤늦게나마 정말로 미안했다고 사과도 하고 싶습니다.

밤에 고생하는 분들에게 보내드리고 싶은 곡으로 드보르자크의 오페라 〈루살카〉 중에 〈달에게 부치는 노래Song To The Moon〉가 있습니다.

라흐마니노프, 노스탤지어를 보듬다

라흐마니노프 | 피아노 협주곡 2번 C단조 Op. 18 중 2악장 '아다지오 소스테누토'
스비아토슬라프 리흐테르(피아노), 쿠르트 잔덜링(지휘), 레닌그라드 필하모닉 오케스트라

명절이 다가오면 언제나 드는 생각인데요. 고향이 확실한 분도 계시겠지만 저같이 고향이 모호한 사람도 있습니다. 저희 아버님은 황해도, 어머님은 평안북도가 고향이신데 한국전쟁 때 피난 내려오신 분들이죠.

저는 피난지인 부산에서 태어났고, 여섯 살에 서울로 올라왔습니다. 제 고향은 어디일까요? 연세가 많으신 어르신들 중에는 "자네 고향은 황해도일세"라며, 아버지의 고향을 따라서 말씀하시는 분도 계시는데 가본 적이 없는 황해도가 제 마음의

고향일 리는 없죠.

여섯 살에 떠난 출생지인 부산도 마음의 고향일 리가 없습니다. 그러면, 그후에 50년 이상을 산 서울이 제 마음의 고향일까요? 그러나 서울도 고향이라고 생각해본 적이 없습니다. 그래서 명절이 되면 알 수 없는 향수병에 시달리는 것은 아니지만 뭔가 묘한 그리움에 먹먹함은 늘 있습니다.

실향민들이 북한의 고향에 가지 못하면서 가슴 저려 하는 한 부분이 저한테도 있는 게 아닐까, 하는 생각을 늘 하면서 사는데 이것도 아마 실향민들의 자식들이 가질 수 있는 생각이 아닐까 합니다.

사춘기 때는 '나는 어디서 왔고 어디로 가는가'라는 생각을 많이 했습니다. 그래서 우주에 대해서도 생각해보고, 그러다가 결국 '나는 어디에 있고, 여기에 왜 와 있는가' 같은 고민을 했던 생각이 납니다.

제 마음속에서 가장 오랫동안 저를 힘들게 하는 것은 알 수 없는 향수병이었던 것 같아요. 노스탤지어죠. 그게 음악으로 연결이 되다보니 어릴 적부터 좋아했던 음악도 컨트리 뮤직이었습니다. 기타 연주 가운데 파이프 같은 것을 손가락에 끼고, 슬라이딩 주법으로 '징~' 하고 미는 그 음악을 들으면 뭔가 내 고향인 것 같고, '난 미국 사람이었나' 할 정도로 왜 그렇게 컨트리 음악을 들으면 향수에 빠지는지요. 그리고, 포스터의 미국 민요를 들으면 정말 그곳이 내 고향인 것 같은 생각이 사춘기 시절의 저를 많이 지배했습니다.

고향을 알 수 없는 사람들이 음악 때문에 울기도 하고, 음악 때문에 가슴이 저리기도 합니다. 많은 분들이 명절을 맞으면 고향에 가지만 오늘 이 시간에도 갈 수 없는 고향이 있는 분들, 아무도 기다려주지 않기 때문에 갈 이유가 없는 고향이 있는 분들도 많습니다.

그런데 언제부터인가 러시아 작곡가의 음악을 듣다보면 알 수 없는 향수를 느낍니다. 피아노 협주곡 가운데 특별히 마음을 크게 흔들고 향수를 많이 느끼게 하는 곡이 있는데 그 곡에 대한 감정은 저만의 느낌은 아닌 것 같아요. 많은 분들이 라흐마니노프의 피아노 협주곡을 들으면 깊은 향수 같은 걸 느끼지 않나요?

비와 눈물, 그리고
바로크의 명곡 사이

파헬벨 | 〈카논〉 D장조
헤르베르트 폰 카라얀(지휘), 베를린 필하모닉 오케스트라

비가 오면 유독 과거의 추억이 자꾸 떠오르고, 어느 순간 타임
머신을 탄 것처럼 과거로 휙 돌아가는 때가 참 많습니다. 저희
어릴 적에는 장난감 같은 것은 별로 없었고 주변 자연이 놀이
터였지요. 비가 와서 신작로 가를 흐르는 빗물을 발로 막거나
신발로 물을 떠서 서로 끼었으며 놀던 기억이 납니다. '장난감
이 없었으니 몸으로 놀 수밖에 없었구나' 하는 생각과 '참 열악
했구나' 하는 생각이 들면서도 그랬기 때문에 우리가 참 건강
했구나 싶어요. 그 당시에는 가만히 앉아서 하는 놀이가 거의

없었지요. 도망치고, 잡으려 뛰고, 뒹굴고 하는 그런 것들이 우리의 건강에 엄청난 보탬이 되었겠다는 생각입니다.

비 얘기를 한 김에 떠오르는 한 가지 추억을 이야기할게요. 대학생 때였는데 그때 자주 가던 명동 '필하모니'에서 음악을 듣고 나오는데 갑자기 비가 오기 시작했습니다. 그때는 '지우산'이라고 해서 비닐우산을 팔기도 했는데 돈 없는 학생들이 그걸 살 수는 없으니 그냥 비를 맞고 말지요. 비 맞는 걸 은근히 즐기던 심리도 있었구요. 그때 젊은이들 사이에 우산이 없으면 아무 우산 속으로나 뛰어들어서 "정류장까지 좀 씌워주세요" 하는 것이 유행이었습니다. 그래서 인연이 됐던 경우도 있죠.

'필하모니' 앞에 우두커니 서서 '어쩌지?' 하며 비를 바라보다가, 평소에는 그 정도의 숫기는 없는 사람인데 명동 입구까지 가서 버스를 타야 하니까 그냥 아무개의 우산 속이었는지, 아니면 그중 마음에 든 사람이었는지 모르겠지만, 아무튼 다른 사람의 우산 속으로 용감하게 뛰어들었습니다. 그래서 "명동 입구까지 씌워주시면 고맙겠다"고 말했고 그분과는 명동 입구까지 잠깐 가서 헤어진 게 전부입니다. 지금 생각해보면 모처럼 큰맘 먹고 난생처음으로 실행에 옮겨본 건데, 마음에 안 들었으니까 그다음 얘기가 없는 거겠죠.

그런데 얼마 후 학교에 갔더니 1년 후배 여학생이 명동에서 제가 뛰어들었던 그 우산을 씌워준 아가씨가 자기 친구인데 그 날 마음에 들어서 일부러 뛰어든 건지, 무작정 뛰어든 건지 궁금해한다고 해서 곤욕을 치른 적이 있습니다.

우산 속으로 뛰어들 용기가 어디서 났을까요. 남의 우산 속으로 뛰어드는 창피함보다는 비를 맞기 싫다는 마음이 용기를 내게 하지 않았을까요.

요즘도 비가 오면 가끔 들려오는 곡인데요. 그때도 그리스의 그룹 아프로디테스 차일드의 데미스 루소스의 목소리로 〈Rain And Tears〉라는 노래가 자주 들렸습니다. 날씨에 따라서 그런 좋은 음악들이 많이 나왔는데요. 이 노래의 원곡이 파헬벨의 〈카논〉 D장조라는 것을 한참 지난 후에 알았죠.

옛날에 금잔디 동산에 매기,
같이 앉아서 놀던 곳

제임스 버터필드 | 〈**매기의 추억**When You and I Were Young, Maggie〉
프랭크 패터슨(테너)

중학교 3학년 때 이야기입니다. 저에게는 차분한 사람이기도 하고 정이 많은 사람이기도 한 모범생 이미지가 있습니다. 드라마를 통해서 만들어진 이미지죠.

그런데 중학교 3학년 때만은 그렇지 않았던 것 같아요. 사춘기라는 것을 겪었는데, 그때는 사춘기라는 것도 몰랐지만 한 해 동안 어른들이 보시기에 불량 청소년에 가까운 1년을 보냈습니다. 환경에 대한 불만도 있었고, 학교생활에 잘 적응하지 못하는 소심한 학생이었는데 그걸 해결하지 못했습니다.

어른들이 말씀하시는 불량 청소년의 모습이 딱 저였죠. 제가 어렸을 때는 주거 환경이 썩 좋지 않아서 집에 들어가고 싶어 하지 않는 학생들도 참 많았습니다. 생활이 어렵고 학업이 마음대로 되지 않으니까 학교라든가 주변에 대한 불만도 가득했고요. 그런 친구들이 어떤 유혹을 받게 되면 쉽게 빠져들어서 좋지 않은 일도 하게 되고, 싸움도 하고 그렇게 사는 겁니다.

그때는 몰려다니면서 싸움하는 게 불량 청소년들의 모습이었습니다. 저도 거기에 휩쓸려 다니다가 사고를 쳐서 경찰에 잡혀갔다가 어머님이 오셔서 꺼내주기도 했지요. 저 때문에 낙담하시던 어머님의 모습도 가끔 떠오릅니다.

요즘 TV에서 무서운 10대들의 범죄를 보도하는 뉴스를 보곤 하는데요. '무서운 10대'라는 말에 저는 상당히 반감을 가지고 있습니다. 사실 범죄는 30대, 40대, 50대가 더 무섭죠. 왜 그 아이들을 '무서운 10대'라는 굴레를 씌워서 사회에서 더 소외되도록 만드는가에 대한 아쉬움을 늘 느끼고 있습니다.

청소년들의 모습을 보면 눈동자가 맑습니다. 지탄받을 짓을 했으면 지탄을 받아야 하고, 범죄를 저질렀다면 벌을 달게 받아야 하죠. 그런데 그 내면에는 어른들이 주지 못한 사랑의 결핍, 처한 환경에 대한 불만, 어른들이 요구하는 수준만큼 따라갈 수 없는 벅찬 현실⋯⋯ 그리고, 유혹에 약한 나이라 게임을 하게 되

ⓒ강석우

고, 담배도 피우게 되고, 술을 먼저 배우게도 됩니다. 이런 것들은 다 소외된 감정에서 오지 않나 하는 생각을 아주 오래전의 저를 떠올리면서 많이 하게 됩니다.

요즘도 길을 지나가다 일반 사람들이 보기에 불량 청소년으로 보이는 학생들이 모여 있는 것을 보면 저 아이들 마음에 얼마나 위로가 필요할까 하는 생각을 합니다. 어른들이 아이들을 무섭다고 표현할 게 아니라, 야단칠 것이 아니라 좀더 감싸줘야 하지 않나 싶습니다. 곁길로 나갔던 중3 시절은 저에게 무엇을 주었을까요?

아주 오래전 이야기를 하다보니 미국 민요 가운데 추억의 곡이 생각납니다. '옛날에 금잔디 동산에 매기 같이 앉아서 놀던 곳'이라는 가사의 노래, 기억나시나요?

랄랄랄,
춤추는 강아지

쇼팽 | 왈츠 6번 D플랫장조 Op. 64 No. 1 '강아지 왈츠'
랑랑(피아노)

어렸을 적부터 성인이 된 지금까지 제 마음속에는 늘 걱정거리 하나가 있습니다. 그것은 외진 골목이나 아무도 없는 거리에서 개와 딱 마주치면 어떻게 하나, 하는 걱정이죠. 한밤중에 집으로 걸어갈 때 '이런 데서 고양이나 개를 만나면 어떡하지' 하는 걱정을 가끔 하는 겁니다. 아마도 어릴 적부터 집에서 동물을 키우지 않았기 때문에 동물에 대한 친근감이 없어서 그럴 거예요.

20년 전에 아들의 초등학교 입학 기념으로 강아지 한 마리를 산 적이 있는데 그 강아지에게 '제이디'라는 이름을 지어줬습니다. 그런데 아쉽게도 제이디는 대소변을 가리지 못해서 온 집안을 화장실로 썼습니다. 그 바람에 우리와 함께 오래 있지 못하고 결국 개를 좋아하는 다른 분에게 드리고 말았는데, 얼굴이 참 예쁜 몰티즈 종이었습니다.

그 제이디가 요즘 자꾸 생각이 납니다. 얼마 전에 딸과 함께 〈아빠를 부탁해〉라는 프로그램을 하면서 애견카페에 갔는데, 거기서 강아지를 두 손으로 안아서 제 몸에 갖다대는 경험을 난생처음 하게 됐거든요. 약간의 두려움도 있었고 긴장도 많이 했는데 이번에는 예전 같지 않았어요.

그 일을 계기로 우리집에도 강아지 한 마리가 뛰어놀게 되었는데 그 녀석을 기르면서 '아, 동물이 눈으로 얘기를 하는구나'라는 것을 처음 느꼈습니다. 이 감정을 20년 전에 느꼈더라면 제이디를 다른 집으로 보내지 않았겠죠. 강아지 이름이 '두부'인데 가끔 저도 모르게 '두부야'라고 부르지 않고 '제이디'라고 부를 때가 있어요. 무슨 조화인지 모르겠어요.

그럴 때마다 그 옛날, 20년 전에 떠나보낸 강아지에 대한 미안함이 아직도 나를 떠나지 못하고 있구나, 하는 생각을 하게 됩니다. 그 강아지의 희생(?) 때문에 두부와 마주보면서 얘기를 하는 경지까지 오지 않았나 하는 생각을 합니다. 두부를 보면서 동물의 눈빛이 얘기하는 게 뭔지를 조금 알게 되니까 굉장히 묘한 기분이 들었어요. 안아달라든가, 싫다든가, 먹고 싶다든가 하는 눈빛의 변화를 보면서 '아, 이래서 사람들이 반려동물과 함께하는구나' 하는 새로운 경험을 하게 됐죠.

나이가 들어가면서 부조리한 사회에 대한 비판적인 생각도 늘어나고 젊은 사람들의 이해할 수 없는 행동에 대해 편견도 생기지만, 동시에 어린아이의 눈빛을 좋아하게 되고 동물의 눈빛을 보면서 얘기를 할 수 있는, 곱게 나이드는 사람이 돼간다는 것이 한편으로는 굉장히 뿌듯하고 기분이 좋습니다.

나를 기다리고, 내가 뭔가를 해줄 수 있는 누군가가 곁에 있다는 것은 참 기쁘고 행복한 일이 아닌가 싶어요. 반려동물과 같이하고 계신 분들과 나누고 싶은 음악이 있습니다. 강아지 여러분도 잘 들으세요.

남산, 오래된 동네를 걷다가
추억을 만나다

드보르자크 | 가곡집 〈집시의 노래〉 Op. 55 중 4곡 〈어머니가 가르쳐주신 노래〉
르네 플레밍(소프라노), 제프리 테이트(지휘), 잉글리시 체임버 오케스트라

저는 성격적으로 '한다면 하는' 쪽에 속하는 사람입니다. 얼굴
이 좀 부드럽게 생겨서 의지력이 약해 보이는 이미지가 있는지
모르겠는데 사실은 외유내강의 국가대표죠. '이것은 해야 하는
일이다' 싶으면 꼭 하고야 마는 성격입니다. 주말마다 남산을
걷는 것이 저의 중요한 일정 중 하나인데 일반적으로 다른 사
람들은 비가 오거나 눈이 오거나 날씨가 불규칙하면 운동을 중
단하죠. 그러나 저는 폭우가 쏟아져도 폭설이 내려도 운동을 하
러 남산에 갑니다.

지금으로부터 한 20여 년 전인 것 같아요. 그때 〈걸어서 하늘 까지〉라는 영화를 찍고 있었는데 이태원 근처에서 영화 촬영을 하다가 갑자기 허리에 통증이 와서 그 자리에서 쓰러졌습니다. 근방에 있는 병원으로 실려가다시피 해서 엑스레이를 찍고 진단한 결과, 젊은 나이에는 드문 퇴행성이라는 결과가 나와서 의사도 저도 깜짝 놀랐죠.

그때 의사의 권유로 수영을 시작했는데 수영은 저에게 맞지 않는 점이 있어서 방법을 바꿔 걷는 운동을 시작했죠. 며칠 계속 걸으면 허리가 아프지 않고 걷다가 중단하면 허리에 통증이 오는 몸이 된 겁니다. 그래서 저는 토요일 오후에는 대단히 중요한 약속이나 꼭 가야 하는 결혼식이 아니면 가지 않습니다. 봉투만 전달하고 운동을 하러 가죠. 허리가 아파서 지독한 통증으로 긴긴 밤을 지새워본 사람은 그 마음을 아실 거예요. 이렇게 집요하게 걷는 데는 나름의 슬픈 사연(?)이 있었습니다. 어쨌든 걷기 시작한 다음부터는 한 번도 허리에 통증이 없었습니다.

주말에 남산을 걷다가 가끔 퇴계로 쪽으로 내려오는데요. 얼마 전에는 명보극장 옆을 지나게 됐는데 작은 건물 하나가 눈에 들어오는 거예요

'아, 옛날에 이 자리에 한의원이 있었는데!'

태어나서 제가 처음으로 침을 맞은 한의원이 있었던 건물이었습니다. 중학교 1학년 때 학교에서 발을 헛디뎌 발목이 퉁퉁 부어올랐는데 그때 어머니가 저를 데리고 간 한의원이 그 건물 2층에 있었습니다. 아침에 멀쩡하게 학교에 간 외아들이 조퇴를 하고 절뚝거리고 돌아왔으니 어머니가 얼마나 놀라셨겠습니까.

남산 근처에서 오래 살아서 그 동네에 정말 많은 추억이 있지만 중학교 1학년이던 1970년 어느 날 한의원을 방문했던 어머니와의 추억이 떠올라 혼자서 아련한 마음으로 그 건물을 한동안 바라보았습니다.

작은 아픔, 큰 위안

리스트 | 〈6개의 위안〉 중 3번 D플랫장조 '렌토 플라시도(고독 속의 신의 축복)'
반 클라이번(피아노)

요즘엔 1년에 한 번씩 건강검진을 받는 것이 거의 상식이지요. 저는 그런 쪽은 좀 게으른 편이어서 한 해를 거르기도 하고 매년 받기도 합니다. 그동안 나름대로 건강한 편이라고 생각하고 살아왔는데 요즘 슬슬 시원찮은 곳이 하나둘 나타나면서 병원을 제법 자주 갑니다. 어디가 아프면 참고 참다가 이러면 안 되겠다싶어서 가게 되는데, 최근에 왼쪽 어깨가 문제가 있는지 밤에 자다가 통증이 있어서 병원을 찾아갔습니다. 아주 오래전에 소설가 고(故) 최인호 형님이 오십견이 왔는데 그때 '죽고 싶다, 너무 아프다'고 했던 얘기가 기억이 나서 은근히 겁이 났어요. 병원엘 갔더니 오십견이 올 수도 있는 상황이라고 해서 어깨 치료를 시작하기로 했는데 생각보다 시간도 걸리고 치료비도 꽤 비싸더군요.

또하나, 알레르기성 비염이 있어서 1년에 서너 번 정도는 행사처럼 눈물, 콧물 쏟아내고 정신을 못 차리고 어지러울 정도로 헤맵니다. 아무 일도 못할 정도죠. 그럴 때는 얼른 약을 먹고 자야만 하는데 그 괴로움은 아는 분은 아실 겁니다. 그런데 어느 날, 그 괴로운 알레르기성 비염에 감사하는 마음이 들기 시작했어요. 사람은 태어나서 어느 정도는 병을 앓게 되어 있지 않나요? 내 일생에 앓아야 하도록 나한테 주어진 병 가운데 가장 큰 병이 알레르기성 비염이라면 1년에 서너 번 고생하는 것쯤 얼마나 감사한 일인가, 그런 생각을 하게 됐습니다.

병원에 가보면 얼마나 많은 사람들이 고통 속에 있고, 병으로 죽어가고, 그리고 우리 주변에도 얼마나 많은 사람들이 힘든 병과 싸우고 있습니까.

최근에 나름대로 깨달은 거죠. 1년에 몇 번, 아주 힘들긴 하지만 이 정도 괴로움은 견딜 수 있다, 대신에 주말에 좀 아프면 좋겠다, 그래서 방송에 지장을 주지 않으면 좋겠다, 그런 생각을 하게 됐습니다.

나이가 들면 몸 여기저기 안 좋은 곳이 나타나는 것이 당연하지만 그만한 것에 감사하고 있습니다. 특히 겨울에는 많은 분들이 아프신 것 같아요. 방송 때 주시는 문자를 보면 입원하신 분도 많고, 몸이 아픈 분도 계시지만 마음이 아픈 분도 참 많으신 것 같습니다. 이번 봄에는 몸이 아픈 분들, 마음이 아픈 분들 다 툭툭 털고 일어나시기 바랍니다. 리스트의 '위안'이 그런 분들께 작은 위안이 되면 좋겠습니다.

ⓒ강석우

인생은 바둑,
패착 없는 하루하루를

베토벤 | 교향곡 6번 F장조 〈전원〉 Op. 68 중 1악장 '알레그로 마 논 트로포'
파보 예르비(지휘), 도이치 캄머필하모닉 오케스트라

알파고와의 대결 때문에 바둑 열풍이 불지 않을까 하는 생각이
들면서 이세돌 9단의 대국을 시간이 날 때마다 짬짬이 지켜봤
습니다. 바둑이 왜 스포츠일까, 하는 의문이 평소 있었는데 이
번에 체력전을 보면서 바둑은 스포츠일 수밖에 없구나, 정신적
이고 육체적인 스포츠일 수밖에 없구나, 하는 답을 얻은 시간이
었습니다.

저도 오래전에 바둑에 빠진 적이 있어서 한 후배와 매일 집
에서 바둑을 뒀는데 둘 다 담배를 피우던 때라 화장실에 들어

가서 문을 닫고 환풍기를 틀고 화장실 바닥에 방석을 깔고 앉아 새벽까지 바둑을 두었던 웃지 못할 기억이 납니다.

한번은 외국으로 패션 화보 촬영을 간 적이 있었는데, 패션 화보 촬영은 해가 떨어지면 하지 못하기 때문에 다섯시 정도부터 시간이 남죠. 그 후배를 설득해서 접이용 바둑판을 들고 같이 가서 촬영이 끝나면 방으로 들어와서 바둑만 뒀던, 속된 말로 바둑에 반은 미쳤던 시기가 있었습니다. 그렇게 한동안 무언가에 깊이 푹 빠지고 나면 나중에 다시 그걸 하게 되더라도 바둑이든, 스포츠든, 악기든, 자전거든 다시 할 때 쉽게 할 수 있는 것 같아요.

이번에 이세돌 9단의 바둑을 보면서 패착이라는 단어가 인상에 남았는데, 패착이란 말하자면 실수입니다. 그 실수가 만회가 되기도 하지만 단 한 점의 실수로 시합의 승패를 갈리는 것을 어렵지 않게 봅니다.

인생도 그래요, 하루하루 살면서 우리는 몇 번이나 패착을 둘까요. 하지 말아야 할 얘기를 하거나, 보이지 말아야 할 감정을 보이거나, 남을 불쾌하게 하거나 주변을 불편하게 하는 것 등을 인생의 패착으로 볼 때 하루에 몇 번의 패착을 둘까요. 생각해보면 온전하게, 짜임새 있고 패착 없는 바둑 한 판 두기가 그렇게 어렵다는데 삶도 마찬가지인 것 같아요. 패착 없는 하루를 보낸다는 게 쉽지 않습니다.

　이세돌 9단이 패착 없이 뒀는데도 패한 판이 있었습니다. 패착 없이 패했다면 미련은 없을 것 같아요. 하루하루 살면서 패착을 줄여야 하고 만약 패착이 있더라도 얼른 반성하고 후회를 짧게 하면서 하루하루를 살아간다면 한 판의 아름답고 정교한 바둑이 두어지듯이 그런 날들이 이어지지 않을까 하는 생각을, 이세돌 9단과 알파고의 바둑을 보면서, 특히 패착이라는 단어를 떠올리면서 삶을 바둑을 두듯이 정교하게 실수 없이 살아야겠다는 생각을 해봤습니다.

　베토벤의 교향곡 6번 〈전원〉의 1악장 '알레그로 마 논 트로포', 부제가 '전원에 도착했을 때의 유쾌한 기분'인데, 이런 좋은 느낌으로 인생을 산다면 어떨까 하는 마음입니다.

음악에 대한 예의,
인간에 대한 예의

쇼스타코비치 | 〈갯플라이 모음곡〉 중 '로망스'
리보르 페섹(지휘), 로열 리버풀 필하모닉 오케스트라

저는 음악회와 극장에 자주 갑니다. 그런데 그곳에서도 식당에서처럼, 운전할 때처럼 예절과 매너가 꼭 필요하죠. 그런 매너는 타인을 위한 배려 같지만 결국은 자신을 위한 것입니다.

예전에 영화 〈부활〉을 보러 갔는데 영화가 시작되었는데도 계속 대화를 나누는 부부가 뒷자리에 앉는 바람에 말소리가 참 거슬렸고, 근처에서 쇼핑을 했는지 검정 비닐봉지를 계속 부스럭거려 참기 힘든 시간을 보내면서 예절과 매너라는 게 얼마나 중요한 것인가를 다시 한번 느꼈습니다. 그러면서 나 자신은 공연중에 누군가에게 방해를 끼친 적은 없었나를 돌아본 시간이었죠.

공연장에서도 직원들이 관객에게 사진 찍지 말라고 그렇게 뛰어다니면서 막아도 도둑 촬영을 하는 모습을 보면서 '저것도 예절인데, 저것도 매너인데' 하는 생각을 많이 하게 됩니다. 공연이 시작됐는데 휴대폰을 열어서 검색을 하면 밝은 불빛이 얼마나 방해가 됩니까. 그런 것도 아랑곳하지 않는 모습을 보면서 우리의 매너는 점점 나빠지고 있구나, 하는 생각을 하면 조금 서글픕니다.

저는 음악회를 갈 때 꼭 준비하는 세 가지가 있습니다. 물과 스카프와 사탕입니다. 공연장에 가면 기침하는 분들 많으시죠. 저도 가끔 기침을 하기 때문에 사탕을 준비하고요. 기침이 나오기 전에 항상 물을 마십니다. 그리고 스카프를 꼭 갖고 갑니다. 공연장에서 생각보다 찬 바람이 나올 때가 많아요. 그래서 목을 꼭 감고 있죠. 기침이 나오면 다른 분들에게도 방해가 되고, 연주자들에게도 방해가 되기 때문입니다.

어린이들은 공연장에 오면 소란스러워서 방해가 된다는 생각은 이제 사라졌습니다. 오히려 방해되는 사람들은 어린이가 아니라 어른들이 더 많다는 생각을 하게 됐으니까요. 그런 상황에서 우리가 누구를 가르칠 수가 있을까, 하는 생각을 많이 합니다. 성숙된 관객이 되기는 쉬운 것 같지 않아요.

공연장에 갔을 때 입장을 해서 의자에 앉게 되면 일행이 있더라도 크게 하는 대화는 삼가고, 묵상을 하거나 아니면 팸플릿을 숙독하면서 그날 공연을 관람할 준비를 하면 어떨까요. 물론 휴대폰은 끄고요. 나를 위해서, 거기에 온 모든 관객들을 위해서, 그리고 연주자를 위해서 매너가 필요하겠다는 생각을 요즘 많이 합니다. 연주장에 온 듯이 조용히 들어보면 좋은 곡입니다.

사랑하는 것과
사랑한다고 여기는 것

브람스 | 교향곡 3번 F장조 Op. 90 중 3악장 '포코 알레그레토'
리카르도 샤이(지휘), 로열 콘세르트헤바우 오케스트라

최근에 출판된 지 제법 오래된 소설책을 한 권 사게 됐습니다. 프랑수아즈 사강이라는 프랑스 여류 소설가의 책 〈브람스를 좋아하세요…〉(1959)입니다. '좋아하세요?'라는 물음표가 아니고 '좋아하세요…'라는 말줄임표인 제목인데요. 이 말줄임표가 시사하는 바가 큰 소설이죠.

프랑수아즈 사강이 코카인 소지죄로 기소당할 때 했던 유명한 얘기가 전설처럼 남아 인구에 회자되고 있는데 "남에게 피해를 주지 않는 한 나는 나 자신을 파괴할 권리가 있다"라는 멋

영화 〈브람스를 좋아하세요…〉 포스터.

진(?) 말로 자신을 합리화해서 젊은이들이 열광했던 적이 있는데 최근에 그 얘기를 한 방송을 통해 듣게 됐습니다. 그리고 파괴에 대해서 생각을 해보았지요.

젊은 날에는 많은 돈과 많은 시간을 들여서 몸을 파괴하고 나이들어서는 그 파괴한 몸을 더 많은 돈을 들여서 재건하려고 하지만 결국 재건할 수 없다는 생각을 합니다. 파괴의 범위가 어디까지인지 모르겠지만 재건이 불가능한 경우도 있기 때문이죠.

〈브람스를 좋아하세요…〉는 이브 몽탕과 잉그리드 버그먼, 앤서니 퍼킨스를 주인공으로 하여 〈이수離愁〉(1961)라는 제목으로 영화화되기도 했습니다. 음악회 티켓으로 데이트를 신청하는 것은 동서고금을 막론하고 아주 전형적인 방법인데요.

프랑스에서는 브람스 공연에 초대할 때 "모차르트 공연 가실래요?"처럼 당당하게 얘기하기보다는 "브람스를 좋아하시나요……?" 이렇게 물어본다고 하던데 아마 프랑스와 독일의 오랜 원한 관계 때문에 그런 게 아닌가 싶습니다.

그 영화나 소설을 보면 결혼식을 올리지 않은 두 남녀. 그리고 나이 많은 여자를 좋아하는 잘생긴 젊은 남자라는 구도인데요. 제가 데뷔했던 영화 〈여수〉도 그런 골격이죠. 나이든 여자 교수와 그녀를 좋아하는 젊은 남자, 그 남자 역할을 〈여수〉에서는 제가 했고, 〈브람스를 좋아하세요…〉에서는 명배우 앤서니 퍼킨스가 했습니다.

영화를 보면, 소설에도 계속 얘기하고 있지만 "사랑하는 것과 사랑한다고 여기는 것은 다르다"라는 대사가 나오는데 이 대사가 많은 생각을 하게 만들었습니다. 제가 누군가를 정말로 사랑하는 것과 사랑한다고 느끼고 있는 것은 분명히 다르지요. 한편, 진짜로 봉사하는 것과 봉사하고 있다고 느끼는 것도 다를 수 있다는 생각을 했습니다.

영화의 처음부터 흐르는 곡이 바로 브람스의 교향곡 3번 3악장인데 아마 그 영화와 소설 때문에 많은 분들이 브람스의 네 개의 교향곡 가운데 특히 3번 3악장을 좋아하는 게 아닌가 하는 생각이 듭니다.

세월이 가도 기억날,
4월 16일

자크 오펜바흐 | <자클린의 눈물>
베르너 토마스 미푸네(첼로), 한스 슈타들마이어(지휘), 뮌헨 캄머 오케스트라

조선시대 화가 가운데 단원 김홍도(1745~?)라는 분이 있지요.
대한민국 국민이라면 김홍도를 모르는 분은 없을 텐데요. 김홍
도라는 이름만 들어도 그 유명한 <씨름> <서당> <춤추는 아이>
같은 그림이 바로 머릿속에 떠오르시죠?

　김홍도는 영조, 정조 때 화가인데요. 왕의 얼굴을 어진이라고
하는데 김홍도는 영조와 정조의 어진까지 그렸으니까 당시 최
고의 화가였지요. 정조의 초상화를 그릴 때가 스무 살, 스물한
살이었고, 영조의 80세를 바라보는 잔치에 쓰일 병풍을 그린

것이 스물아홉 살인가 그랬으니 그가 굉장한 화가였고 예술가였다는 것은 그 사실만으로도 짐작하게 됩니다.

김홍도를 가르친 스승은 당대의 뛰어난 문인이자 화가이기도 했던 강세황(1713~1791)이었는데 그분은 벼슬에서 물러난 후에 처가가 있는 안산에 머물고 있었다고 합니다. 김홍도가 젖니가 날 무렵부터 강세황에게 그림을 배웠다는 기록이 있는 걸 보면 이분의 고향이나 자란 곳이 오늘날 안산일 거라는 게 정설이죠. 그래서 안산에는 단원 김홍도를 기리는 단원구가 있습니다.

중학교 다닐 적에 읽은 소설 가운데 심훈의 『상록수』(1935)가 있는데, 종교적인 희생과 함께 일제에 항거하는 정신을 그려서 많은 국민들에게 민족적 자긍심을 심어주었던 소설입니다. 소설의 주인공 이름이 채영신이죠. 남자 주인공은 박동혁이구요.

두 사람의 사랑은 비극적으로 끝이 나지만 두 사람이 남긴 훌륭한 업적은 많은 사람들에게 소설을 통해서 공감을 일으켰지요. 지금까지도 심훈의 『상록수』는 많은 분들에게 읽히고 있는 소설입니다. 주인공 채영신의 모델인 실존 인물 최용신이라는 분이 안산 근처에서 활동하던 농촌 운동가라고 하죠. 그분을 기려 안산에는 상록구가 있습니다.

이처럼 안산에는 단원구와 상록구라는 두 개의 구가 있죠. 아름다운 구 이름을 들으면서 참 좋다는 생각을 했었는데 그 아름다운 곳에 이루 말로 다 할 수 없는 슬픈 일이 일어나고야 말았습니다.

그 슬픈 일은 아직도 해결이 안 된 채 자식 잃은 부모들의 마음을 달래주지 못하고 있는데 영원히 잊지 않겠다고 휘날리던 현수막의 글씨는 조금씩 희미해지고 있습니다.

세월이 가면 언젠가는 우리의 기억 속에서 사라질지도 모르지만 자식을 잃은 부모의 마음속에는 눈을 감을 때까지 잊을 수 없는 큰 상처와 슬픔을 안겨준 사건이었습니다. 동시대를 살아가는 사람으로서 어떤 위로의 말조차 찾을 수 없는 심정입니다.

그 일이 해결만 잘됐어도 조금이나마 위안이 됐을 텐데요. 후속 조치를 보면서 우리가 할 수 있었던 일들을 제대로 했는가, 우리는 그들을 영원히 잊지 않을 마음을 정말 갖고 있는가, 하는 생각을 해보게 됐습니다.

4월 16일.

오래도록 우리의 기억 속에서 잊히지 못할 날이 될 것입니다. 치유되기 힘든 상처를 입은 가족들에게 첼로 연주곡으로 위로를 전합니다.

젊은 오보에
연주자에게 축복을

드보르자크 | 교향곡 9번 E단조 〈신세계로부터〉 중 2악장 '라르고'
니콜라우스 아르농쿠르(지휘), 로열 콘세르트헤바우 오케스트라

요즘 우리나라의 젊은 스포츠 스타들이 세계무대에 나가서 활동하는 걸 보면서 격세지감을 느낍니다. 우리가 젊었을 때는 꿈도 꿀 수 없는 일이었죠.

한국 선수가 유럽 축구 리그에서 뛴다는 것은 꿈도 꾸기 어려운 일이었고(물론 당시에 차범근 선수가 유럽에서 활약하기는 했지요), 미국 메이저리그에 한국 선수가 가서 추신수, 이대호, 박병호 선수처럼 홈런을 친다는 것은 정말 상상도 할 수 없는 일이었습니다. 그 일을 이뤄낸 젊은 스타들을 보면서 대견하다는

생각이 들고 그들 뒤에서 부모나 가족들이 자신들의 삶을 포기하면서 뒷바라지를 하여 저렇게 훌륭하게 키워냈겠지, 하는 생각을 했습니다.

우리나라가 2002년에 개최한 월드컵이 한국 선수들이 유럽 무대로 나가게 되는 계기가 됐죠. 그리고 박지성이라는 걸출한 축구 스타가 네덜란드에 진출했고요. 이어서 많은 선수들이 유럽을 무대로 활약하게 됐는데 본인들의 피나는 노력과 부모와 가족들의 헌신적인 뒷바라지가 있었겠지요.

음악도 마찬가지입니다. 세계적인 음악가들이 한국에서 속속 탄생하고 있는데 본인들의 노력은 이루 말로 다 할 수 없는, 그야말로 피나는 노력이었을 겁니다. 그 뒤를 받쳐주었을 부모님들과 선생님들의 노고도 빠트릴 수 없죠.

최근에 한국 출신의 젊은 연주자가 세계적인 로열 콘세르트헤바우 오케스트라Royal Concertgebouw Orchestra, RCO에 입단했다는 소식이 들려왔습니다. 축구 스타나 연예인들 소식이라면 연예 신문이나 일간지에 반 페이지 이상 실리겠지만 음악 관련 기사는 작은 박스 기사로 나는 걸 보면서 음악을 좋아하는 사람 입장에서 섭섭하기도 했습니다. 그러나 오케스트라 입단은 끝이 아니라 또하나의 시작이기 때문에 그렇게 크게 다루어지지 않아도 된다고 스스로를 위로하기도 했습니다.

그 연주자는 오보이스트 함경이라는 젊은이입니다. 네덜란드의 로열 콘세르트헤바우 오케스트라는 그야말로 세계적인 오케스트라입니다. 우리가 알고 있는 베를린 필, 빈 필보다 어떤 면에서는 더 우수하다고 인정받는 대단한 오케스트라인데 그 오케스트라의 오보에와 잉글리시 호른을 맡게 됐다는 아주 기쁜 소식이었습니다.

로열 콘세르트헤바우 오케스트라는 1888년에 창립됐고 100년 후인 1988년에 네덜란드 왕실로부터 왕실의 칭호royal를 받았습니다.

그러니까 '암스테르담' 콘세르트헤바우와 '로열' 콘세르트헤바우는 같은 악단입니다. 세계적인 지휘자 베르나르트 하이팅크, 리카르도 샤이, 니콜라우스 아르농쿠르 같은 이들도 그 오케스트라를 이끌었던 적이 있습니다.

음악을 좋아하는 사람 입장에서는 올림픽에서 금메달을 딴 것이나 월드컵 4강에 오른 것만큼 기쁜 소식입니다.

많은 분들이 오보에는 모양과 소리를 알고 있지만 잉글리시 호른의 소리와 모양은 잘 모르실 것 같은데 드보르자크의 교향곡 9번 〈신세계로부터〉 2악장 '라르고'는 잉글리시 호른의 연주로 시작합니다. 머지않은 장래에 함경과 함께하는 로열 콘세르트헤바우 오케스트라의 내한공연도 기대해봅니다.

스트라디바리우스,
300년 된 악기의 음색

새뮤얼 바버 | 〈현을 위한 아다지오〉 G단조
네빌 마리너(지휘), 아카데미 오브 세인트 마틴 인 더 필즈

악기 얘기를 한번 해볼까요? 바이올린, 비올라, 첼로 같은 현악기를 모르는 분들은 거의 없으시죠. 스트라디바리우스라는 세계적인 명기에 대해서도 들어본 분들이 많으실 텐데 보통 3대 현악기로는 아마티, 스트라디바리우스, 과르네리를 들지요.

아마티 공방에서 배우던 안토니오 스트라디바리가 독립하여 만든 것이 스트라디바리우스입니다. 당시에도 오늘날의 현악기 형태가 갖춰져 있었는데 스트라디바리우스는 탁월한 음색,

음역, 울림 때문에 현악기 연주자들은 누구나 갖고 싶어하는 악기라고 합니다. 1100개 정도가 제작됐고 현재는 650개 정도가 남아 있다고 합니다.

1700년대에 만들었던 악기를 지금 갖다놓고 분석을 하면서도 그때만큼의 악기를 만들어내지 못하는 것, 요즘에 알파고가 인간을 지배한다는 말이 나올 정도인데도 그 현악기의 음을 구현해내지 못하는 데에는 뭔가 비밀이 숨겨져 있는 거죠.

황금 비율이라는 게 있지요. 악기 몸체의 굴곡이라든가 소리를 밖으로 내주는 현악기에 뚫려 있는 f자 모양의 홀, 악기를 보호하기 위한 니스 칠에도 뭔가가 숨어 있다고 하는데 아직도 찾아내지 못하는 걸 보면 그 비밀을 캐내지 못한 것 같아요. 아마 당시 장인들이 자기 가족들만의 비밀로 갖고 있다가 그들이 세상을 떠났기 때문에 맥이 끊겨버린 게 아닌가 싶습니다.

그런 스트라디바리우스로 연주를 듣는다는 것은 행운이기도 합니다. 얼마 전에 스트라디바리 콰르텟이 한국 공연을 다녀갔는데요. 네 사람의 연주자와 취리히 음악원의 종신 부총장인 피아니스트 허승연의 퀸텟 연주가 있었는데 기대를 갖고 음악회에 갔습니다. 스트라디바리우스 네 대가 한자리에 있으니 보기에도 얼마나 좋은지는 모르겠더라고요. 다른 악기들과 섞여 있을 때 그 명기는 빛이 나는데 네 대의 명기를 동시에 보며 듣다보니 물론 연주는 좋았지만 다른 악기와 비교가 안 되어, 명기의 탁월함은 별로 느끼지 못했습니다.

그런데 그 자리에 같이 있던 현악기 연주자분이 "연주 실력이라는 것은 테크닉이 아니라 악기인가봐요"라고 얘기하더라고요. 전문가의 귀에는 그 악기 소리가 대단하게 들렸던 모양입니다. '명필이 붓 가리냐?'라는 말도 있지만, 악기가 실력일 수도 있다는 전문가의 말이 기억에 남습니다.

아무튼 음악을 좋아하는 사람으로서 영광스럽고 기쁜 자리였습니다. 네 대의 스트라디바리우스가 연주하는 앙상블을 듣는다는 건 흔한 기회는 아닐 테니까요. 그날 연주했던 곡 가운데 마음에 들었던 곡이 있습니다.

전람회의
그림

무소륵스키 |〈전람회의 그림〉 중 '고성'
헤르베르트 폰 카라얀(지휘), 베를린 필하모닉 오케스트라

요즘 학생들에게도 미술시간이 있는지 모르겠어요. 저희 어렸을 때는 음악시간, 미술시간이 다 있었는데, 저는 음악시간은 많이 기다렸으나 미술시간은 참 지루해하던 학생 중 한 명이었죠. 고등학교 때 미술 선생님은 여선생님이었는데 그때는 여러 가지 이유로 유화를 그리기는 어려우니까 수업시간에는 주로 수채화를 그렸죠.

도화지, 붓, 팔레트, 물감, 물통 등이 있어야 하는데, 별로 관심 없는 시간이어서인지 수업 준비를 거의 안 했던 것 같아요.

그래서 미술시간이 다가오면 옆에 있는 친구의 도화지를 한 장 찢어서 갖다놓고, 붓 많이 가져온 친구에게 한두 개 빌려다놓고 뻔뻔하게(?) 앉아 있으면 선생님 눈에는 그 준비 스토리가 보이니까 참 답답했겠죠.

선생님께서 제게 "이번 학년 끝날 때까지 한 번은 준비해 오겠지?" 하고 여유 있게 에둘러 말씀하셨던 것이 지금도 기억납니다.

어느 날의 일입니다. 교탁 위에 꽃병과 꽃을 놓고 그걸 그리는 것이 그날의 수업이었죠. 선생님은 밖에 나가시고 친구들은 열심히 그리는데 저는 그림에 소질이 없으니까 그릴 수가 없는 형편이었어요. 그래서 뒤에 앉아 있던 미술반 친구한테 부탁해서 그 친구가 좀 마무리를 해줬습니다.

선생님이 수업 끝날 때가 돼서 들어오셨어요. 그리고 제 그림을 물끄러미 보시더니 "호순이가 그려줬구나" 하시는 거예요. 정말로 깜짝 놀랐습니다. 제 뒤에 앉은 친구 이름이 호순이였거든요!

'아니 물감 가지고 붓질 몇 번 했는데 어떻게 걔가 그린 걸 아시지?'

미술에 관해 제일 놀랐던 학창시절의 추억입니다. 시간이 흘러 대학 2학년쯤 되어서 그림을 좋아하는 선배님을 알게 되었는데 그분은 저를 데리고 꼭 화랑에 다녔어요. 그후부터 혼자서

도 인사동과 사간동에 있는 화랑을 순례하는 것이 일상이 되어 버렸는데요. 1978년부터 화랑을 다니던 것이 이어져 지금까지 계속하고 있습니다.

그러던 어느 날 드디어 제가 그림을 그리게 되었습니다. 2006년, 아내와 함께 〈부부 2인전〉이란 이름으로 전시회를 시작해서 지금까지 40여 회 전시를 계속하고 있는데요. 가끔 고등학교 시절, 미술시간의 그 선생님이 떠오르면서 '그때부터 기초를 배우며 그렸더라면 지금은 어떻게 됐을까' 그런 생각을 많이 합니다.

요즘 살면서 이 세 가지를 다 좋아하고 산다는 게 얼마나 행복한 일인가를 많이 느끼게 됩니다. 특히 그림 좋아하시는 분들 중에 '이제 시작하면 어떻게 하나, 그래서 뭘 어떻게 하겠다는 건가' 하며 망설이는 분들이 많은데, 남의 눈을 의식할 필요가 없습니다. 왜 시작도 안 하고 나중에 어떻게 될 것을 걱정하세요? 하고 싶은 일을 하세요. 인생은 한 번이고, 생각보다 짧습니다.

즐길 수 있는 것은 즐기자는 게 저의 생각입니다.

전람회, 하면 떠오르는 무소륵스키의 피아노곡 〈전람회의 그림〉 가운데 두번째 곡 '고성'을 라벨이 관현악 버전으로 편곡한 것이 있습니다.

부부의 이름으로,
따로 또 같이

엘가 | 〈현을 위한 세레나데〉 E단조 Op. 20 중 2악장 '라르게토'
핀커스 주커만(바이올린·지휘), 로열 필하모닉 오케스트라

러시아 속담에 '바다에 나갈 때 한 번 기도하고, 전쟁에 나갈 때
두 번 기도하고, 결혼할 때는 세 번 기도한다'는 말이 있는데요.
부부란 과연 어떤 관계일까요?

바다보다 전쟁보다 더 위험한 것이 결혼생활이라는 것을 실
감하는 분들이 많을 거예요. 시간이 흐르면서 부부가 하나가 되
어가는 것 같지만 시간이 지나면서 '부부는 완벽하게 각각 두
사람이다'라는 생각을 많이 하게 됩니다.

요즘에 이혼율이 높아졌는데도 잘 살면서 가정을 꾸려가는

분들 보면 '참 대단하다'는 생각이 들죠. 우리 가정이 불안해서 이런 얘기를 하는 것은 아니고요. 저희는 부부란 각각 완전히 독립된 관계라는 생각을 갖고 있기 때문에 우리 가정이 행복한 것 같습니다.

나와 다른 점을 인정하지 않으면 부부 관계는 평화로워질 수가 없는 것 같아요. 서로가 다른 사고방식과 다른 습관을 가지고 있는데 내 생각과 다르다고 "당신은 왜 그래?"라고 핀잔을 주기 시작하면 영원히 끝나지 않는 싸움이 됩니다. "나는 이런데 당신은 그렇구나"라고 인정하는 것, 각자가 다를 수 있다고 인정하는 것이 가장 중요하다는 생각이 듭니다.

또하나, 즐거웠던 일이든, 상처받은 일이든 어린 날의 모습에 대해 서로 충분히 얘기하고 그래서 서로가 이해해야 한다는 생각을 살면서 많이 합니다. 그런데 우리는 왠지 어린 날에 대한 얘기를 서로 잘 안 하는 것 같아요.

연애할 때부터 "나는 어떤 환경에서 어떤 생각을 하며 자라왔다, 우리 부모님은 나에게 어땠고, 내가 살던 동네는 어땠고……" 이런 얘기를 자주 해야 할 것 같아요.

"저 사람은 아무것도 아닌 일에 왜 저렇게 화를 내지? 화낼 일이 아닌데……" 하는 이해하기 어려운 일이 벌어지는 것은 어린 날 상처 입은 마음을 서로 몰라서가 아닐까 싶습니다. 그

걸 이해하기 위해서는 대화가 많이 필요하지요.

'부부란 이래야 한다'는 풍경이 제 마음에 하나 있습니다. 노을 지는 늦은 오후에 차를 타고 가면서 아내가 얘기합니다. "비가 올 것 같아." 그러면 노을 진 다음날은 날이 맑다는 것을 아는 남자는 "이 사람이 어디 아픈가. 정신 차려"라고 얘기하기 쉽지만 그럴 때 말없이 아내와 함께 찻집으로 가서 비 내리는 아내의 마음을 위로해주는 그런 정도의 남자는 되어야 된다는, 그런 풍경요.

또, 지나가는 말처럼 외롭다고 했을 때도 귀를 기울여서 그 사람의 얘기를 들어주는 정도의 부부가 돼야 행복하지 않을까 생각합니다. 아름다운 가정과 아름다운 부부에게 어울릴 만한 음악이 있습니다. 아내를 정말 사랑했던 엘가의 곡입니다.

포항 바닷가에서
'혼자가 되는 것'을 생각하다

갈루피 | 피아노 소나타 5번 C장조 중 1악장 '안단테'
아르투로 베네데티 미켈란젤리(피아노)

얼마 전에 '강석우의 해설이 있는 음악회'가 포항에서 있었습니다. 그래서 생방송이 끝나고 KTX로 갔다가 늦은 밤 마지막 기차로 올라왔는데 포항에 도착하는 순간 오랜만에 옛날 생각이 났습니다.

포항에는 1992년에 가보고 2016년에 갔으니 24년 만에 간건데요. 당시 MBC 미니 시리즈 〈약속〉이라는 드라마를 찍고 있었는데 서울에서부터 밤에 자동차 신을 계속 찍으면서 내려가서 결국 새벽에 포항에 도착했습니다. 해가 뜨는 장면, 여배우와 바닷가에 앉아 있는 장면, 극중에서 여주인공인 미혼모의 아이와 바닷가에서 노는 신을 찍었습니다. 그 여배우는 세상을 떠난 최진실씨입니다. '포항역'이라는 사인을 보는 순간 갑자기 그때의 드라마와 최진실씨가 떠오르면서 혼자 묘한 생각을 했습니다.

이어서 최진실씨의 남편, 동생이 세상을 떠난 일을 떠올리면서 이런저런 생각을 많이 했습니다. 그들은 혼자 있는 외롭고 쓸쓸한 시간이 얼마나 힘들었을까. 혼자서 돌아올 수 없는 먼 길을 떠나기로 결정할 때까지 얼마나 많은 시간을 외롭고 힘겹게 보냈을까……

혼자 있는 시간이 쓸쓸하다고 느끼는 분도 많고, 고독하고 뭔가 막연한 그리움이 있고 그래서 결국은 인생이 허무하다고 생각하는 분들도 많은데요. 저도 어쩌다 한번은 그럴 때가 있긴 하죠.

혼자 있을 때 묵상을 하고, 음악을 즐겨 듣고, 혼자 카페에도 가고, 혼자 식당에 가서 주문해서 먹고, 혼자 극장도 가고. 이런 것이 습관이 돼 있어야 하는데 저를 포함해서 많은 분들이 혼자 하는 일, 혼자 즐기는 일을 너무 어려워하는 것이 아닌가 싶습니다. 자녀를 어려서부터 혼자 할 수 있는 일은 혼자 할 수 있도록 교육해야겠다는 생각도 하게 되고요.

혼자 못하는 이유는 남의 눈을 의식하기 때문이 아닌가 싶습니다. 남을 의식하지 않도록 자녀를 키우는 것도 중요하겠다는 생각입니다. 저도 혼자 하는 것을 못하는 사람인데요. 남을 의식하는 마음이 있고, 수줍은 성격 탓이기도 하겠지만 그런 교육이 안 돼서 그런 게 아닌가도 싶습니다.

혼자 있으면 허무함을 느끼시나요? 혼자 있어도 즐거우신가요? 혼자 가만히 생각을 정리할 때 근심을 내려놓을 수 있는 음악이 있습니다.

수많은 날은 떠나갔어도
내 맘의 강물은 흐르고

이수인 작시, 작곡 | 〈내 맘의 강물〉
팽재유(테너)

제가 대학 다니던 시절에는 지금처럼 대학생이 많지 않아서 '저 대학생인데요' 하면 '어? 그래?' 하면서 실수를 하거나 약간의 사고를 쳐도 많은 것들이 용서가 됐습니다. 그때는 국민들이 대학생을 좋아했던 것 같아요. 다음 세대를 짊어지고 갈 사람들이라는 기대감이 학생들에게 모이던 시절이었습니다.

앞에서도 말씀드렸듯이 대학생활이라는 것이 돈 있으면 재미있고, 돈 없으면 재미없고 힘들죠. 갈 데도 없고, 힘들게 아르바이트도 해야 하고 공부도 해야 하니까요. 저도 막상 대학생이 되어보니 정말로 재미가 없었습니다. 용돈도 별로 없고 그때나 지금이나 술을 안 하니까 저녁에 술 마시는 친구들은 어울려서 놀기도 하는데 저는 술집 같은 데를 잘 가지 않았으니 그런 재미도 없었지요. 대학생 때 미팅도 하고 데이트도 해야 하는데 데이트와 미팅하는 데는 돈이 제법 들지요. 평소보다 비싼 걸 먹어야 하니까요.

요즘 사람들은 이해가 안 되실지 모르겠지만 매일 한 잔 마시는 커피값도 버거울 정도였습니다. 다방엘 가더라도 돈이 아까워서 쓰디쓴 커피를 마시느니 몸에 좋은 계란 반숙을 선택하던 시절이었습니다. 버스를 타고, 자장면 한 그릇 먹고, 그때는 담배를 피웠으니까 담배 한 갑 사고 나면 하루 용돈이 다 없어지던 시절이어서 데이트는 언감생심이었죠.

특히 여름방학이 되면 더 고통스러웠습니다. 날은 덥고, 돈은 없고, 갈 데도 없었죠. 젊은 사람들 대부분은 피서지로 가고 피서지까지 못 가는 친구들은 서울 근교의 수영장으로도 놀러가는데 그것조차도 남의 일 같은 방학을 보냈던 기억이 납니다. 그 뙤약볕 쏟아지는 캠퍼스를 손으로 햇빛을 가리면서 방학 내내 학교로 가서 교내 방송국에서 본의 아니게 음악도 많이 듣고 책도 많이 보게 됐죠. 그런데 그런 것들이 오히려 지금의 저를 형성할 수 있는 고마운 시간이었던 것 같습니다.

요즘의 젊은 친구들 가운데도 힘든 친구들 많죠. 그런데 남들처럼 즐길 돈이 없다고, 현재 삶이 어렵다고 부모를 원망하면서 주저앉지 말기를 당부드리겠습니다. 그래도 지금은 우리 때보다 낫습니다. 주머니에 1000원짜리 한 장 없던 시절이었으니까요. 정말 다시 돌아가고 싶지 않은 그 시절, 어떻게 그 시절을 통과해 빠져나왔을까 하는 끔찍함마저 드는 그때. 그런데 가만히 생각해보면 그 시간이 오늘날의 저를, 그러니까 미래를 준비할 수 있는 축복의 시간이었음이 틀림없어요. 지루하게 긴 시간이었지만 그래서 미래를 준비하기에 충분한 시간이었다는 생각이 듭니다.

젊은 날의 가난은 돈 주고도 산다는 그 흔한 말이 무슨 의미인지 이해가 되는 요즘입니다. 지금의 어려운 환경을 나중에 감사할 수 있도록 젊은 시절을 잘 보내시기 바랍니다. 맥없이 물에 떠내려가는 인생이 아니라 과감하게 물살을 거슬러올라가는 인생이 되기 바랍니다. 젊음의 시간은 현실에 대한 원망이나 술 마시고 토해내는 낙담의 시간이 아니고 미래의 나를 성공한 자리에 올려놓고 절제하며 그 꿈을 향해 가는 시간인 겁니다. 저는 〈내 맘의 강물〉이라는 곡의 가사를 참 좋아합니다. 수많은 세월이 흐른 후에 시간은 흘러갔어도 그 추억이 아름답고 행복한 기억으로 남기를 바랍니다.

수많은 날은 떠나갔어도
내 맘의 강물 끝없이 흐르네.
그날 그땐 지금은 없어도
내 맘의 강물 끝없이 흐르네.

지금의 인생이 나중까지 이어진다는 것은 틀림없는 사실입니다.

물에 대한
두 가지 생각

헨델 | 〈수상음악〉 모음곡 1번 F장조 HWV. 348 중 6곡 '미뉴에트'
장 프랑수아 파야르(지휘), 파야르 체임버 오케스트라

누군가 어느 시절로 돌아가고 싶냐고 물으면 저는 보문동의 한옥에 살던 시절로 돌아가고 싶다고 얘기하곤 합니다. 그런데 한옥이라는 것이 보기에는 운치가 있지만 살기에는 불편하기 짝이 없는 집이죠.

특히, 겨울에는 추운데 따뜻한 물도 쓸 수 없고, 엄동설한에는 밤에 화장실을 가려면 작은 마당을 가로질러야 하고, 문도 숭숭 뚫려 있어서 찬 바람이 사정없이 불어오고, 참 춥고 불편한 집입니다. 그런데 그 집이 왜 그렇게 그리운지요. 아마 그때

돌아올 수 없는 그 시절의 다섯 남매.

는 부모님도 살아 계셨고 다섯 남매가 복닥거렸기 때문이겠죠.

그런 한옥의 불편함을 떨쳐버린 것은 1980년대 후반, 역삼동의 남향 양옥집으로 이사를 가게 되면서였습니다. 그리고, 몇년 뒤 결혼하고 작은 집을 짓게 됐는데 여름 무렵인가 인테리어는 거의 되었고 거실 창호를 달기 직전이었는데 폭우가 쏟아지면서 집안으로 물이 들이닥쳤습니다.

사람이 사는 집안에 물이 들이닥친다는 것은 정말 공포스러운 일입니다. 큰물이든, 작은 물이든 집안에 물이 넘치고, 집안어디에선가 물이 뚝뚝 떨어지는 것은 사람을 얼마나 공포스럽게 하고 물에 대한 두려움을 갖게 하는지 모릅니다.

그 일이 있은 다음부터는 TV에서 비가 많이 내린다는 뉴스만 들어도 가슴이 철렁 내려앉는 상태가 오랜 기간, 한 10년 이상 계속됐습니다.

지금 반포동 서래마을에 작은 가게를 갖고 있는데요. 언젠가 밤에 자려고 하는데 전화가 왔어요. 물난리가 났다고. 가슴이 철렁 내려앉으면서 남들은 갖고 있지 않은 양수기를 들고 뛰어 내려갔죠. 숙달된 조교처럼 아내와 제가 물을 퍼내고, 물을 닦아내고, 주변 정리까지 다 마친 뒤 늦은 시간에 집으로 가는데 이상하게 그전처럼 마음의 불안함이 없는 거예요.

전에는 그런 상황을 맞게 되면 약간의 걱정도 생기고, 짜증도 나고, 이런 일이 또 일어나면 어떻게 하나 하는 불안함이 저를 참 힘들게 했는데, 이번에는 이상하게 느낌이 좀 다른 거예요. 그후 거친 일을 다 마무리짓고 집에 가면서 아내에게 이렇게 얘기했습니다.

"물 퍼낼 곳이 있다는 게 참 감사한 것 같아. 그리고, 그 감사함으로 물에 대한 공포에서 벗어난 게 또 감사한 것 같아"라고요. 물이라는 것이 제자리에 있지 않으면 무섭긴 하지만 10여 년 만에 물에 대한 공포로부터 벗어난 아주 가벼운 마음이어서, 그 밤의 사건은 싫었지만 기분좋은 추억을 하나 더 갖게 됐습니다.

이제는 여름비를 즐길 여유도 생긴 것 같아요. 헨델의 시원한 곡 어떠신가요.

29년 만의
만남

마스네 | 오페라 〈타이스〉 중 〈명상곡〉
미샤 마이스키(첼로)

영화 이야기를 해볼까요. 여주인공 하영은 돈은 많지만 가족관
계가 무너진 어느 집에 가정교사로 들어갑니다. 그 집의 딸이자
마음이 만신창이가 된 기숙의 가정교사가 된 거죠. 어느 날 하
영은 아르바이트를 마치고 집으로 돌아가는 길에 제대하고 돌
아오는 기숙의 오빠 기훈과 마주치게 됩니다. 두 사람 사이에선
운명적인 눈빛이 오가죠. 복학을 하게 된 기훈은 학교에서 같은
학교 학생인 하영을 만납니다. 하지만 너무나 이질적인 두 사
람. 바람이 부는 어느 날 둘은 하영의 하숙집에서 함께 밤을 보

내게 되고 하영은 그때 아이를 갖게 됩니다. 그러나 기훈은 미련을 갖지 말라고 말하죠. 시간이 흘러서 하영이 아이를 낳던 그 시간에 기훈은 다른 여자와 정략결혼을 합니다. 시간이 흘러 아이가 대여섯 살쯤 되었을 때 기훈은 전 재산을 하영에게 주고 아무 설명도 없이 외국으로 떠납니다. 오지 않을 기훈을 기다리다 지친 하영은 스스로 목숨을 버립니다. 세월은 흐르고 많은 세파에 시달린 기훈은 진정한 안식을 얻기 위해 하영을 찾아 한국으로 돌아옵니다. 사랑하는 법도, 사랑받는 법도 몰랐던 기훈은 이제 사랑을 찾으려고 하지만 이미 그녀는 떠나고 없습니다. 마지막 장면. 하영의 무덤을 찾은 기훈, 카메라가 붐 업하여 사람들이 사는 세상을 보여주면서 영화는 마무리됩니다.

제가 제일 좋아하는 영화로, 1988년에 제작된 김수현 원작, 곽지균 연출의 〈상처〉입니다. 거기서 하영 역을 맡았던 최수지 씨를 기훈 역을 맡았던 제가 29년 만에 만났습니다. 최수지씨는 텍사스 오스틴에 살고 있다는데 의대에 입학하게 되는 딸과 함께 한국에 나왔더군요. 물론 세월이 흘러서 제 옆에도 아내와 딸이 동석해서 기훈과 하영이 환생한 듯 묘한 느낌이 드는 점심을 같이했는데 오래전 자료를 서로 찾아보면서 감상에 젖었습니다.

저에게 〈상처〉는 또 다른 의미에서 대단히 기억에 남는 영화

영화 〈상처〉의 장면들.

이기도 한데요. 개봉 당시 그 영화에 초대하겠다는 수작(?)을 부리며 어떤 아가씨에게 접근을 했기 때문입니다. 결국은 그 아가씨와 결혼을 하게 되어 아직(?) 잘 살고 있고요.

오랜만에 만난 최수지씨는 여전히 아름다웠습니다. 오히려 젊었을 때보다 살이 좀 빠진 듯하더군요. 대부분은 중년의 살이 좀 붙는데 관리를 아주 잘한 모습이었고 연예계 쪽에는 전혀 미련이 없는 듯한 표정이었습니다.

앞으로 30년이 더 흐른 후 우리는 어떤 모습일까, 하는 생각을 하며 물끄러미 그 옛날 하영과 그녀의 딸을 바라보았어요. 이런 추억과 함께하고 싶은 음악은 마스네의 오페라 〈타이스〉 가운데 〈명상곡〉입니다.

품위 있게
말하기

멘델스존 | 바이올린 협주곡 E단조 Op. 64 중 2악장 '안단테'
이착 펄만(바이올린), 앙드레 프레빈(지휘), 런던 심포니 오케스트라

우리나라를 찾는 외국 연주자들이 참 많습니다. 세어본다면 깜짝 놀랄 정도로 많은 연주자들이 한국을 찾아오는데요.

얼마 전 캐나다 출신의 명연주자 제임스 에네스가 이끄는 에네스 콰르텟이 내한공연을 와서 〈아름다운 당신에게〉에 출연한 적이 있습니다. 멤버는 제임스 에네스(바이올린), 리처드 용재 오닐(비올라), 로버트 드메인(첼로), 에이미 슈워츠 모레티(바이올린)입니다. 그분들을 만나 인터뷰하면서 몇 가지 강하게 느낀 것이 아직까지 머릿속에서 떠나지 않는데, 음악적인 질문이

나 인생에 관한 질문을 했을 때 기다렸다는 듯이 쉽게 답변하지 않는 모습이었습니다. 질문에 진지하게 접근한다는 거죠.

우선 질문에 대한 그분들의 첫마디는 "재밌는 질문인데요"나 "좋은 질문인데요"입니다. 그렇게 말하면서 생각을 정리하는 모습을 보며 또 그렇게 던지는 첫말이 질문한 상대방을 얼마나 자기들에게 호의적으로 바꿀 수 있는가를 아는 사람들이구나, 하는 생각이 들었어요.

질문자를 오히려 기분 좋게 하면서 본인의 생각을 정리하며 천천히 얘기를 하는 거죠. 그러면서도 설명은 아주 지나치리만큼 충분히 하는 거죠.

라디오나 텔레비전의 토크나 인터뷰를 보면 진행자들의 천편일률적인 말이 있습니다. "자, 짧게 한마디 하시죠" "한 분씩 인사를 짧게 해주시죠"라면서 '짧게'를 강조하는 것 말입니다. 방송에 나온 분들이 시간에 대한 부담으로 얼른 말하려다보니까 자기 차례가 오면 생각이고 뭐고 그냥 아무 말부터 시작을 해서 정리도 안 된 모습을 자주 보이게 되는데, 그건 역시 진행자들의 잘못이 아닌가 하는 생각입니다

질문한 후에 기다려주는 진행자, 기다려주는 관객, 그 사람의 이야기를 귀담아듣는 청취자가 필요하다는 생각을 많이 했습니다. 흔한 볼 수 있는 장면이 있지요. 노래방에 갔을 때 노래를

에네스 콰르텟. 왼쪽부터 로버트 드메인(첼로), 리처드 용재 오닐
(비올라), 에이미 슈워츠 모레티(바이올린), 제임스 에네스(바이올
린), 그리고 나.

시켜놓고 그 사람이 노래를 부르기 시작하면 정작 노래를 듣는 사람은 별로 없는 것 같아요. 각자 자기들 이야기를 하거나 다음에 부를 노래를 찾고 있죠. 말을 시켰으면 말을 들어주고 노래를 시켰으면 노래를 들어주는 좋은 습관을 가져야겠습니다.

에네스 콰르텟과 인터뷰를 하면서 또하나 느낀 점은 말을 멋있게 해야겠다, 따뜻하고 품위 있는 말과 친절한 말은 참으로 상대의 마음을 움직인다는 것이었습니다. 저도 앞으로는 그런 방향으로 화법이나 화술을 바꿔야겠다는 생각을 했습니다. 감수성 풍부한 멘델스존의 우아하고 품위 있고 따뜻한 곡들처럼 경청하는 귀를 가진 사람이 되고 싶습니다.

너희들은 속초?
우리는 강릉!

함호영 작시, 홍난파 작곡 | 〈사공의 노래〉
엄정행(테너)

한때 '포켓몬 GO'라는 게임이 젊은이들 사이에서 제법 세게 바람이 불었는데 그것 때문에 속초에 많이들 갔지요.

그런데 그 뉴스가 식탁에서 화제가 된 순간 아버지가 "그거 뭐하는 짓이냐, 하라는 공부는 안 하고 쓸데없는 데 정신 팔려서. 취직 준비는 잘되고 있냐?" 하는 식의 느닷없는 훈계성, 질책성 발언을 쏟아내면 분위기는 순식간에 싸늘해지고 입 꾹 다물고 밥만 꾸역꾸역 먹는 상황이 됩니다.

아버지는 대부분 속성상 자녀들을 안전하게 잘 키워야 하고 가정을 지켜야 한다는 의무감에 사로잡혀 있죠. 그래서 아버지가 모르는 일이나 아버지의 상식에 어긋나는 일은 틀린 것이다, 그렇게 단정적으로 얘기하는 아버지들이 우리 전 세대에는 더 많았고 우리 세대에도 적지 않게 있는 것 같아요.

그렇게 분위기를 깬 것을 나중에야 알게 된 아버지는 후회하며 미안함에 야심 차게 개그를 시도하지만 오히려 메아리 없는 '아재 개그'로 끝나며 역효과가 난 경우도 많았던 것 같습니다. 요즘에는 '아재 개그'라는 이름으로 겨우 명맥을 유지하긴 하지만, 아버지는 가정에서 서먹한 분위기의 제조자가 아닌가 하는 생각을 가끔 합니다.

아버지의 비극은 가족들에게 전지전능하게 보여야 한다는 의무감 때문에 생기는 것이 아닌가 생각해봅니다. 모르면 모른다고 인정하면서 "어, 그게 뭐니? 그렇게 재미있는 거야?" 이렇게 관심을 표명하면 되는데 알지 못하면서도 묻기는 싫으니 답답하고 짜증이 나기 마련이죠.

중간에 말 가로채서 사이사이에 훈계하지 않으면 존재감이 없을까봐, 또는 의무감 때문에 툭하면 뭔가를 지적하지 마시고 우선은 관심 있는 표정으로 자녀들의 얘기, 아내의 얘기를 들어주는 매너가 필요할 것 같아요. 거기에는 물론 인내심이 필요합니다.

멋있는 아버지는 시시콜콜 참견하는 것 같은 느낌의 아버지보다는 적당한 관심을 갖고 격려해주는 아버지 아닐까요. 왜 젊은이들이 속초에 가고 있는지 이번 기회에 공부를 하셔서 자녀들에게 먼저 대화를 청해보시기 바랍니다.

젊은이들은 게임 때문에 속초로 간다는데, 우리는 가곡을 통해서 속초 근처에 있는 강릉으로 가볼까요? "이 배는 달 맞으러 강릉 가는 배······" 강릉 출신 시인 함호영의 가사에 홍난파가 곡을 붙인 〈사공의 노래〉인데요. 이 곡에는 드보르자크의 '첼로 협주곡'의 테마를 인용한 부분이 있습니다.

아버지의 비명소리가
그리운 날

이흥렬 작곡, 이서향 작사 | <바우 고개>
김성길(바리톤)

우리 세대는 아버지와 다정다감하거나 긴밀한 대화를 하거나
오붓한 시간을 갖는 일이 흔치 않았습니다. 자식 입장에서 아버
지는 그저 어려운 대상이고, 아버지 입장에서는 고만고만한 자
식들에게서 흐트러진 모습이 보일까 부릅뜬 눈과 마음으로 지
켜보니 썩 마음에 들지 않는 점들이 늘 보였겠지요. 그러니 아
버지와 아들은 조금 어려운 관계가 아니었나 싶습니다.

제가 대학생 때 살던 보문동 한옥에는 손바닥만한 마당이 딸
려 있었는데 거기에는 지하수를 퍼올리는 펌프가 하나 있었습

니다. 미리 큰 함지에 받아놨던 물을 한두 바가지 마중물로 넣고 펌프질을 하면 그 물에 딸려서 아주 시원한 물이 하얀 포말과 함께 콸콸 올라왔죠.

예전에는 한여름 무더위를 피하는 방법으로 시원한 것을 먹거나 선풍기를 켜거나 했지만 단연 최고의 피서법은 등목이었습니다. 등물이라고도 했지요.

윗옷을 벗고 허리춤에는 바지 젖지 말라고 수건을 차고 그 등에 방금 퍼낸 펌프물을 들이부으면 괴성을 지르지 않고는 견딜 수 없이 차가웠습니다. 아버지가 먼저 "더운데 나와서 등물 좀 해라"라고 어색하게 권했는데요. 아버지 앞에서 윗옷을 벗는다는 건 쉽지 않은 일이긴 하지만 덥기도 하고 아버지 말씀을 거역하기 어려우니까 벗고 가서 엎드려 기다립니다.

그러면 아버지가 펌프물을 갖다 부어주는데, 그 순간 그동안 자제해왔던 내면의 소리가 깨지며 터져나옵니다.

"허푸! 아유, 시원해!"

그간 닫혀 있던 아버지와 아들 사이의 말과 감정의 벽이 깨지는 듯 통쾌한 순간입니다. 손으로 등의 물을 비벼주던 아버지의 손놀림이 지금도 어렴풋이 기억납니다.

그다음이 문제입니다. 아버지가 아들에게 해주시는 건 문제가 없는데 아들이 아버지를 해드리는 건 우리가 일찍이 경험해

보지 못한 일이기 때문입니다. "아버지 엎드리세요. 제가 해드릴게요"라고 겨우 말하면, "난 안 더워, 괜찮아" 하며 거절하시지만 어정쩡하게 서 있는 아들이 안쓰러운지 마지못해 엎드리십니다.

그리고 아버지가 해주신 대로 똑같이 해드리면 평소에 말씀도 웃음도 별로 없던 분이, 그 차가움을 견디지 못하고 비명에 가까운 큰 소리로 외치십니다.

"하푸, 하푸! 으흐흐!! 시원하다!"

아버지의 그런 절규에 가까운 소리를 처음 들은 온 가족이 참지 못하고 웃었던 기억이 납니다. 별로 살갑지 않았던 아버지와의 어린 날을 떠올리면 그날이 아버지와 제가 파안대소했던 유일한 순간이 아니었나 싶습니다.

시리도록 차가운 펌프물의 위력과 ㄱ자로 꺾인 한옥 마루에 식구들이 옹기종기 걸터앉아 있던 수채화 같은 풍경들이 아련하게 떠오릅니다. 한여름 무더위와 하얀 '난닝구' 차림의 아버지와 웃통을 벗은 아들의 모습이 참 정겨웠다는 생각이 드는데요. 그날의 추억을 생각하면 떠오르는 가곡이 거의 음치였던 아버지가 가끔 흥얼거리시던 〈바우 고개〉입니다.

피아노의 시인,
이곳에 잠들다

쇼팽 | 피아노 협주곡 1번 E단조 Op. 11 중 2악장 '로만체 라르게토'
마우리치오 폴리니(피아노), 파울 클레츠키(지휘), 필하모니아 오케스트라

지난 여름휴가 때 스위스에서 돌아오는 길에 프랑스 파리에 잠깐 들렀습니다. 사흘 정도 머물렀는데 파리에 도착하자마자 짐을 풀고 바로 숙소를 나섰죠. 파리의 숙소는 프랑스 작가 베르나르 베르베르의 소설 〈개미〉의 이야기가 시작되는 '불로뉴 숲' 2차선 길 건너에 자리잡고 있었습니다.

거기서 꽤 먼 거리를 지하철을 갈아타면서 갔는데 파리의 지하철은 에어컨이 없어서 창문을 열고 달리더군요. 낯선 풍경이었습니다. 그렇게 찾아간 곳은 '페르 라셰즈'라는 공동묘지였습니다.

살면서 휴가중에 다른 사람의 묘지를 찾는 것은 흔한 일은 아니죠. 유명 인사들이 워낙 많이 묻혀 있기에 공동묘지 입구에 묘 위치 안내판이 있고, 구역별로 번호가 붙어 있었습니다. 로시니, 에디트 피아프, 마리아 칼라스, 비제, 이브 몽탕, 쇼팽, 외젠 들라크루아 등의 이름이 보였습니다. 그 안내판을 보고 대충 위치를 확인한 뒤 많은 사람들이 가는 길을 따라서 언덕길을 올라갔죠.

세상의 어느 나라의 누가, 이렇게 무덤을 찾아오게 할까, 하는 생각을 하면서 올라갔는데요. 신경쓰지 않으면 그냥 지나칠 수도 있는 크지 않은 묘들이었습니다. 그런데 지나칠 수 없는 것은 그 묘 앞에 이미 많은 사람들이 모여 있었기 때문입니다. 그곳은 스무 살에 조국 폴란드를 떠나서 19년 뒤에 사랑하는 조국에 대한 그리움을 품고 세상을 떠난 '피아노의 시인', 쇼팽의 묘였습니다.

고향을 떠날 때 친구들이 선물한, 병에 넣어서 가져온 한줌의 흙과 함께 그곳에 묻혔다는데 당시 폴란드를 지배하던 러시아의 반대로 조국 폴란드의 바르샤바에 묻히지 못했습니다. 그러나 그의 심장만은 쇼팽의 소원대로 누이에 의해서 바르샤바 '성 십자가 교회'로 몰래 옮겨져 묻혔다고 합니다.

파리로 가는 길에 조국이 러시아에 함락되었다는 소식을 들

'피아노의 시인' 쇼팽(1810~1849).

고 작곡한 '혁명', 마요르카섬에서 비오는 날 조르주 상드를
기다리면서 썼던 '빗방울 전주곡', 어린 날 들었던 고향의 민
속음악인 '마주르카', 사랑하는 사람을 두고 떠나는 마음으로
썼던 연습곡 '이별곡'…… 쇼팽이 없었다면 오늘날 클래식계가
존재했을까 하는 생각으로 그 무덤 앞에 한참을 서 있었습니다.

1849년에 세상을 떠난 쇼팽의 무덤 앞에서 그의 피아노곡들
을 떠올리며 느꼈던 형언할 수 없는 격렬한 느낌이 아직도 남
아 있는데요. 쇼팽의 곡 가운데 피아노 협주곡 1번 2악장 '로만
체 라르게토'로 마음을 달래봅니다.

경비행기가
우회한 이유

영화 〈피서지에서 생긴 일〉 중 '메인 테마'
퍼시 페이스 악단

요즘은 정말 많은 분들이 여행을 즐기는데, 여행에서는 느끼는 게 많은 것 같습니다. 생각이 많아지고, 그런 생각으로 인해서 좋은 방향으로 행동이 바뀌게 되는 선기능이 있죠. 각자의 여행 스타일이 다르긴 하겠지만 저는 관광지를 찾아가는 것보다는 현지인들처럼 살기를 좋아하는 편인데, 동네 슈퍼도 가고 동네 찻집에 앉아서 차도 마시고 공원 벤치에 누워서 시간도 보내는 스타일입니다.

외국에 가면 처음엔 문화의 차이를 느끼는 것 같지만 이내

적응이 되는 것 같아요. 사람 사는 게 다 거기서 거기지 하는 생각이 들게 되죠. 하지만, 떠나올 때가 되면 다시 문화에서 오는 이질감을 느끼게 되는데요.

우선 선진국이란 데를 가보면 제일 먼저 우리를 편안하게 해주는 것은 자동차죠. 운전자의 보행자에 대한 배려, 멀리서 사람이 건너려고 서 있는 모습만 보여도 서행하거나 정지하는 나라들이 꽤 있습니다. 사람이 건너가려 하거나 다른 차가 끼어들 기색만 보여도 무섭게 달려와서 먼저 빠져나가는 우리의 운전 문화는 문화라는 단어를 쓰기도 아까운 거죠.

운전의 선진국들이 그렇게 법규를 지키는 이면에는 아마 큰 벌금이 있거나 지키지 않았을 때 커다란 불이익이 있나보다 하는 생각을 물론 해봅니다. 하여튼 법을 만들고 그 법을 누구나 평등하게 지키는 문화는 참 좋았던 것 같아요. 물론, 여행자로서 이왕에 돈과 시간을 들여서 갔는데 좋은 모습만 보려고 하는 개인적인 습성 탓도 있겠죠.

과연 문화라는 게 뭘까요. 참 추상적이긴 한데 아주 오래전에 읽은 글 가운데 문화는 이런 것이라고 저에게 확실하게 가르쳐준 이야기가 있습니다. 미국의 캘리포니아에서 경비행기가 날아가고 있는데 저멀리 마을에서 야외음악회가 열리고 있었답니다. 비행기를 몰던 사람은 음악회에서 연주하는 사람이나 청중들에게 경비행기 엔진 소리가 방해될까봐 직진하지 않고 멀리 돌아서 갔다는데 그런 마음이 문화가 아니겠냐고 어떤 분이 쓴 글이었습니다. 그 글에 얼마나 공감이 되었던지, 20년이 넘은 지금도 기억하고 있습니다.

그 경비행기 조종사도 음악회에 참석해본 경험이 있는 분이겠죠. 역지사지의 마음이 그에게 있지 않았을까요. 함께 공감할 수 있고, 함께 느낄 수 있고, 함께 즐길 수 있는 것, 즉 배려가 문화가 아닌가 싶습니다.

사랑의 유통기한,
음악의 유통기한

막스 브루흐 | 〈콜 니드라이〉 Op. 47
재클린 뒤 프레(첼로), 다니엘 바렌보임(지휘), 이스라엘 필하모닉 오케스트라

사랑과 음악에 대한 이야기를 해볼까요. 〈아디오스 노니노〉라
는 곡을 만든 피아졸라는 사랑하는 사람한테 청혼을 했고 꿈
같이 결혼에 성공했죠. 피아졸라는 "아내 데데로 인해서 나의
인생과 음악이 존재한다"라고 고백할 정도로 아내를 깊이 사랑했
습니다.

　어렵게 쟁취한 사랑인데 안타깝게도 피아졸라는 데데와 헤
어집니다. 뜨거운 사랑의 감정은 3년이 안 간다는 설이 있는데,
사랑에는 과연 초심이 없는가 하는 생각이 듭니다. 두 사람의

일은 둘만의 문제이기 때문에 헤어지는 것이 아쉽지만 삼자가 관여할 일은 아닙니다. 다만 만난 과정을 아는 사람은 아쉬운 거죠.

로키산맥의 물과 공기만큼이나 맑고 청량한 목소리의 가수 존 덴버. 그의 아내의 이름은 애니. 존 덴버가 아내를 위해서 〈애니 송〉을 만들 만큼 사랑했던 아내가 애니입니다.

오래전 영화 〈선샤인〉을 통해서 많은 감동을 받아 그들의 노래를 좋아하게 되었고, 그들의 사랑도 좋아했던 적이 있는데 그들의 아름답던 사랑도 노래만 남기고 아쉽게 끝이 나고 말았습니다. 팬으로서 배신감을 느낄 때도 있습니다. 참 좋아하던 노래인데 이제는 〈애니 송〉을 눈을 지그시 감고 감정을 넣어서 부르기는 어렵게 되었습니다.

영국의 천재 첼리스트 재클린 뒤 프레와 세계적인 피아니스트 다니엘 바렌보임의 경우도 참 아쉽죠. 클래식계에서는 세기의 만남, 천재들의 만남이었고 실제로 좋은 연주를 같이 많이 들려줬는데요.

근육병으로 쓸쓸하게 세상을 떠난 재클린 뒤 프레의 모습을 보면서 슬펐고, 천재 첼리스트였기 때문에 더 아까웠고, 그때 보였던 다니엘 바렌보임의 냉정한 태도 때문에 가슴이 아파서 많은 사람들이 다니엘 바렌보임을 비난하기도 하는데요, 그

것도 어찌 보면 그 부부의 개인사입니다. 그러나 팬들의 마음은 정말 아쉽죠.

가끔 생각을 해봅니다. 팬들의 사랑을 받는 스타들의 책임은 어디까지인가, 어느 정도는 잘 살아줘야 하는 의무가 있는 게 아닌가. 다른 사람들을 위해서, 다른 사람에게 보이기 위해서 사는 것은 아니지만 기왕이면 잘사는 모습을 보여주는 것이 서로가 행복한 일이죠. 헤어지는 분들도 그런 모습을 보이고 싶어서 그랬겠습니까마는.

그런 일들은 누구에게든 일어날 수 있다는 생각을 하며 먼저 이해해주고, 마음을 풀어주고, 위험한 결정을 해야 하는 순간이 오지 않도록 지혜를 발휘하는 현명함이 있었다면, 하는 아쉬움이 있습니다. 지금 이 순간에도 부부간에 마음이 불편한 분들이 계시면 먼저 용서를 해주시든, 먼저 용서를 구하든 그런 지혜와 현명함을 보여주시기 바랍니다.

〈콜 니드라이Kol Nidrei〉'는 유대인들이 예배에 나가기 전 속죄의 날에 부르던 찬가인데, 이것을 막스 브루흐가 첼로와 관현악곡으로 편곡을 했습니다. 그리고 재클린과 다니엘이 아직 서로 사랑하던 시절, 두 사람이 함께한 연주는 아직 팬들 곁에 남아 있습니다. 두 사람의 사랑은 변했어도, 함께 연주한 음악은 영원히 변치 않겠지요.

주변에
미운 사람이 있나요?

브람스 | 6개의 피아노 소품 2번 A장조 Op. 118 중 '인터메조'
엠마누엘 액스(피아노)

MBC 방송국의 다큐멘터리 프로그램에 출연한 적이 있습니다. 다큐멘터리라는 걸 처음 찍어봤는데 제작진이 생각보다 오랜 시간, 여러 날을 따라다니더군요. 방송은 촬영한 분량의 20분의 1, 10분의 1도 안 나간 것 같아요. 어머니 산소를 가자, 지인들을 초대해서 옥상에서 바비큐를 하자, 등등 제작진의 요구가 있었는데 저는 있는 그대로 내가 사는 대로만 찍어달라, 말 그대로 다큐답게 하자는 요구를 해서 제작진과 부딪히기도 했습니다.

그런데 방송 후에 주변 사람들 얘기나 좋은 댓글을 보면서 '내가 그렇게 정말 근사한 사람인가? 그런 사람은 아닌데' 하는 생각을 가졌습니다. 저 같은 경우에는 가장으로서 해야 하는 일이고, 남편으로서의 당연한 일이라고 생각을 했는데 칭찬을 받으니까 이게 칭찬을 받을 일인가, 이치에 맞는 일인가 하는 생각이 들었습니다.

아주 오래전에 읽은 책이 기억납니다. 영국의 수상이 교통 신호를 위반했는데 경찰이 스티커를 발부했습니다. 그러자 수상은 그날 오후에 책임자를 불러서 "나에게 스티커를 발부한 그 경찰은 대단한 사람이다, 포상을 해라" 하고 지시를 했답니다. 그러자 경찰의 총수인 사람이 "그건 당연한 일이기 때문에 포상을 할 근거가 없다"며 포상을 거부했다는 이야기입니다.

실화인지 지어낸 말인지 모르겠으나 단속당해도 칭찬할 줄 아는 수상이나 누구에게나 공평하게 법을 적용한 경찰, 부당한 지시를 거부할 줄 아는 경찰 총수, 모두 참 멋있다는 생각을 했습니다.

그런 거죠. 남편으로서 아버지로서 당연한 일인데 칭찬을 하니 몸 둘 바를 모르겠다는 생각, 너무 과하다는 생각을 하고 있습니다. 좋다고 대단히 소문난 사람도 실제로 만나서 보면 그 정도는 아닌 경우도 많이 보았고요. 참 나쁘다고 소문난 사람도 직접 만나서 대화를 해보면 그 정도로 나쁜 사람은 아니구나, 하는 경우도 있습니다. 다큐를 통해서 괜찮은 사람이라고 소문이 조금 났으나 소문만큼 그런 사람이 아닐 수도 있지요.

혹시 주변에 미운 사람이 있나요? 자세히 보면 누구에게나 그 단점을 덮을 만한 장점이 분명히 있습니다. 그 장점을 찾고 싶지 않은 내 마음이 문제인 거죠. 인생을, 삶을 생각하게 하는 피아노곡을 함께할까요. 브람스는 만년에 피아노 소품을 여러 곡 작곡했는데 그 가운데 '인터메조'는 인생을 찬찬히 들여다보게 하는 마음을 갖게 합니다. 특히 118번의 두번째 곡 번 '인터메조'는 다큐영화 〈피아니스트 세이모어의 뉴욕 소네트〉에서 "눈물 속에 웃음 짓는 감정"이라고 표현한 피아니스트 세이모어 번스타인의 말을 떠오르게 하네요.

남산에서 멘델스존이
연주되는 꿈을 꾸며

멘델스존 | 피아노 삼중주 1번 D단조 Op. 49
2악장 '안단테 콘 모토 트란퀼로'
보자르 트리오

요즘 어느 일간지에 '일사일언'이라는 칼럼을 쓰고 있는데 첫번째 글로 우리 부부가 매주 가는 남산 이야기를 썼습니다. 그러다보니 남산 예찬론자가 돼버린 느낌입니다. 남산은 험한 데가 없어서 걷기에 부담이 적고, 도심치고는 숲이 좋으니까 공기도 좋습니다. 여러 가지 좋은 분위기가 많아서 좋아하지만 제가 남산을 좋아하는 가장 큰 이유에는 어린 날의 추억이 한몫을 하고 있을 겁니다. 어린 시절과 젊은 시절을 남산자락에서 보냈기 때문입니다.

남산의 매력은 남산에서 명동, 북창동, 충무로, 후암동, 이태원, 멀리 서대문의 김치찜까지, 운동 후 먹으러 갈 곳이 참 다양하다는 점입니다. 짬이 나면 가는 것이 아니라 토요일에는 어떤 일이 있어도 남산을 가는 편이죠. 그래서 토요일을 기다리는 즐거움도 있습니다. 그날 같이 걷는 친구들과의 만남도 설렘이 있고, 걸으면서 건강이 좋아지는 것 같은 느낌도 있고, 걷고 난 후에 함께하는 식사도 즐겁습니다.

남산에 대해 쓴 그 칼럼은 "남산 숲속, 어린 날 전쟁놀이하던 그곳에서 음악소리가 들리길 바란다"라고 끝을 맺었습니다. 피아노곡이어도 좋고, 어느 날은 현악 사중주가 나와도 좋다는 상상을 하면서 생각만으로도 너무 좋았습니다. 그러면서 요즘 특히 좋아하는 브람스의 '인터메조' 118번의 두번째 곡이 들려오는 상상을 한다는 내용인데, 뭐 그냥 꿈입니다. 그게 이뤄지겠습니까. 음악을 좋아하는 저의 바람일 뿐이었죠.

2002년 한일 월드컵 때 '꿈은 이루어진다 Dreams Come True'라는 말을 많이 했는데요. 그 말처럼 상상이 이루어질 가능성이 생겼습니다. 남산을 관할하고 있는 중구청 담당자와 연결이 된 겁니다. 중구청 담당자는 "남산에서 음악소리가 나도록 해보겠다"라며 저의 제안을 받아들여서 추진중입니다. 이게 꿈인가 생시인가 할 정도로 기분이 좋은데 얘기가 잘돼서 그 꿈이 이뤄지고,

남산을 걷는 분들에게 숲속에서 나오는 음악소리가 들릴 날이 하루속히 오기를 고대합니다.

상상이 현실이 되는 기쁨을 아시는 분은 아실 겁니다. 그 일이 잘 엮어서 실행이 되면 맨 먼저 남산에서 들려오길 바라는 곡이 있는데, 바로 멘델스존의 피아노 삼중주입니다. 슈만이 "멘델스존의 두 개의 피아노 삼중주 가운데 1번 D단조는 베토벤 이후 가장 뛰어난 피아노 삼중주다"라고 찬사를 보냈던 곡이지요.

백수의 하루와
금지된 장난

영화 〈금지된 장난〉 OST 중 〈로망스〉
나르시소 예페스(기타)

해마다 9월이 되면 생각나는 것이 있는데, 1978년 영화에 데뷔하고 그뒤 몇 년은 별 볼 일 없이 지냈어요. 영화배우는 촬영 스케줄이 없으면 당시 어른들 표현으로 '반건달'이었죠. 쉬는 것을 재충전이라고 얘기하는데 재충전은 바쁜 배우들 얘기고, 저는 몇 년째 빈둥빈둥 놀고 있던 시절이었습니다.

물론 그 기간에 책도 보고, 음악회도 가고, 전시회나 연극, 무용, 영화 등을 거의 평론가 수준으로 섭렵하긴 했습니다. 1982년 9월 어느 날, 그날도 느지막이 일어나서 오늘은 또 뭘 해야 하나 하고 빈둥거리고 있는데, KBS 드라마 PD로 있던 선배에게 전화가 왔어요. 뭐하고 있느냐고 하기에 "지금 전화 받고 있다"고 실없는 농담을 던지고는 이내 "뭘 할까 생각중"이라고 했더니 여의도 방송국으로 빨리 오라고 하더군요.

그때의 유행대로 장발인데다 머리숱도 엄청 많았는데 헤어 드라이어라는 게 없을 때니까, 머리 말리는 데 시간이 걸려서 빨리는 못 간다고 했더니 하여튼 택시를 타고 오라는 겁니다. '이 선배가 갑자기 왜 그러나, 밥이라도 사주려나' 생각하면서 평소 차림 그대로 면 티셔츠와 청바지에 샌들을 신고 어슬렁어슬렁 여의도로 갔어요.

3층 드라마국에 가서 선배를 만났는데 안쪽에 있는 방으로 저를 데려가는 거예요. 보니까 '드라마국장실'이라고 씌어 있더군요. 들어갔더니 어떤 분이 저를 위아래로 훑어보더니 몇 마디 물어보곤 카메라 테스트를 받을 의사가 있느냐고 물었습니다.

전혀 생각지 못한 제안이었습니다. 탤런트로 방송에 출연한다는 것에 대해 약간의 망설임이 있었죠. 같이 간 선배를 쳐다봤더니 하라는 눈짓이에요. 그래서 분위기에 못 이겨 "네, 하겠습니다" 하고 1층 스튜디오로 내려갔는데 이미 몇몇 사람들은 테스트를 하고 마무리중인 분위기더라고요. 그 스튜디오에서

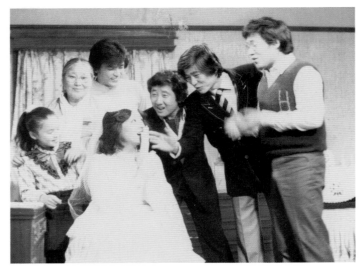

드라마 〈보통 사람들〉 촬영 현장에서. 그리운 얼굴들이 보인다.

몇몇 사람 테스트하는 걸 본 선배가 제 생각이 나서 국장님에게 "추천할 배우가 있다" 했고 "지금 바로 데려올 수 있냐?" "그럼, 연락을 하겠다" 해서 제가 불려나간 분위기였지요. 그래서 겨우 테스트 끄트머리에 저를 끼워준 거죠. 나중에 알게 되었지만 새로운 저녁 일일극의 신인 배우를 캐스팅중이었던 겁니다.

카메라 석 대로 이리 찍고 저리 찍고, 웃어봐라, 찡그려봐라, 고개를 숙여라, 걸어봐라 등등 여러 가지 주문을 하더군요. 그 모습을 위의 스튜디오 부조정실에서 여러 분이 지켜보면서 하나하나 오더를 내린 거죠. 카메라 테스트를 마치고 다시 국장님 방으로 갔더니 새로운 분이 앉아 계셨는데 "내일 시간 있는가?" 하고 아주 사근사근한 경상도 말투로 묻기에 그제야 긴장이 좀 풀리며 그때는 가진 게 시간밖에 없으니 "시간은 많습니다"라고 대답했죠.

그리고 다음날 만나서 도곡동 어느 아파트로 갔는데, 당시 최고의 인기 드라마 작가 나연숙 선생님 댁이었습니다. 〈달동네〉 〈야, 곰례야〉 같은 드라마를 썼던 분이죠. 그날 상다리가 휘어지게 점심상을 차리셨더라고요. 물론 저보다는 같이 드라마를 하게 될 연출자를 위해서 차리신 상이었겠지요. 작가 선생님은 아주 친절했고 학교는 어디 나왔느냐, 전공은 뭐냐, 종교는 뭐냐며 시시콜콜 '호구조사'를 하시더니 대본 리딩을 한번 같이 해줄 수 있겠냐고 하시더군요. 안방으로 따라 들어가보니까 〈야, 곰례야〉 대본이 가득차 있었어요.

작가님이 상대역을 하면서 리딩을 하고 집으로 왔습니다. 그리고 전화가 왔어요. 이틀 뒤에 여의도로 오라고요. 타이틀백을 촬영해야 된다고 말이죠. 타이틀백이란 드라마 시작할 때 작가, 연출, 출연자 이름을 배경으로 흐르는 화면을 말합니다. 방송국 앞에 있는 공원으로 갔더니 어마어마한 배우들이 앉아 계셨습니다. 황정순 선생님과 이순재 선생님을 비롯해서 김민자, 송재호, 유지인, 한혜숙, 이영하, 금보라, 정한용, 태현실, 황정아씨까지…… 그런데 새롭게 나타난 저를 보더니 분위기가 냉랭해지는 거예요.

그 어색한 자리에서 숨통 틔워주듯 저에게 말을 걸어준 분은 송재호 선배님 딱 한 분이었습니다. 그분께서 "네가 승환이 대신에 왔냐?"라고 한마디 하셨는데 그 말도 얼마나 고마운지요. 그래서 그후 현장에 새로 나오는 신인 배우들에게 제가 그렇게 친절하게 대하는 겁니다. 그 당시 제가 얼마나 큰 외로움을 느꼈는지요.

그리고 그때 분위기가 왜 냉랭했을까, 그게 궁금했습니다. 여러분도 궁금하신가요? 그 얘기는 다음 꼭지에서 이어서 해드릴 게요. 당시 백수로 소일하면서 기타를 자주 쳤는데 즐겨 연주하던 곡이 영화 〈금지된 장난〉에 나오는 〈로망스〉였습니다. 나르시소 예페스의 매끈한 연주에 비하면 그야말로 어설픈 솜씨였지만 그래도 그 아름다운 선율로 백수의 쓰라린 하루를 한없이 위로받던 생각이 납니다.

짧은 오해,
긴 인연

한명희 작시, 장일남 작곡 | 〈비목〉
신영옥(소프라노)

드라마 〈보통 사람들〉에 캐스팅되었을 때 분위기가 왜 냉랭했
을까요? 알고 보니 저의 캐스팅과 관련해서 연기자들 사이에
오해가 있었습니다. 당시 송승환씨는 하이틴 스타였습니다. 그
드라마에 캐스팅되어 이미 연습까지 한 상태였는데 〈젊음의 행
진〉이라는 쇼 프로그램 MC를 하고 있었기 때문에 아마도 방
송국의 윗분이 "새로운 일일 드라마는 쇼 MC 하는 그 친구 말
고, 신인을 뽑아라" 해서 그렇게 됐던 것이고 그래서 갑자기 사
람이 바뀐 거죠. 그간의 사정을 모르는 연기자들은 그때 영화배

우인 제가 밀고 들어왔다는, 말하자면 낙하산이라는 오해를 가졌던 것 같습니다. 그 일로 방송가에 저와 송승환씨에 관한 오해의 말이 퍼지고 있었고요. 그래서 드라마에 같이 출연했던 정한용 선배의 중재로 어느 날 송승환씨가 일하던 나이트클럽에서 삼자대면을 해서 결국 오해를 풀었고, 그날 이후로 지금까지 오랜 기간 좋은 친구로 지내오고 있습니다.

당시는 후시녹음하는 영화배우와 대사를 완벽하게 외우는 TV 탤런트 사이에 묘한 경쟁심리가 있던 시절인데, 영화는 촬영할 때 배우들이 대본을 외워서 대사를 해도 촬영 현장에 녹음할 기계가 없었기 때문에 나중에 녹음실에서 성우가 더빙을 하는 거죠. 촬영 현장에서는 카메라 밑에 조감독이 앉아서 배우들의 대사를 계속 읽어주면 배우들이 그 대사를 들으면서 연기를 합니다. 지금 생각해보면 사실 올바른 연기라고 할 순 없죠.

영화배우들은 대사를 외우는 데 있어서 TV 탤런트보다 많이 떨어졌는데, 저도 연극을 했지만 연극은 2, 3개월 연습하다보면 대사가 저절로 외워지는데 TV 드라마는 그렇지 않았습니다. 거기다 드라마에 갑자기 합류하게 됐고, 두 주 후에 녹화를 한다고 하는데 일일극이어서 대본이 한 주일에 다섯 권이었어요.

대사를 외워 오라고 하는데 너무너무 걱정이 되는 겁니다. 제가 인생을 살면서 그렇게 걱정을 하고, 초주검이 되도록 심한 스트레스를 받은 때는 그때가 유일하지 않았나 싶습니다. 여의도를 지나가다 방송국 건물만 봐도 배가 싸르르 아파오고, 심장이 철렁 내려앉아서 일이 없는 날은 아예 여의도 쪽으로 안 갔을 정도였으니까요.

그런데 결국은 스스로 해결하는 방법밖에 없었습니다. 그때 누군가가 좀 따뜻하게 대해줬더라면 많이 나았을 텐데, 하는 생각을 오랫동안 했습니다. 그러나 당시엔 그 많은 연기자들 중에 아무도 그런 사람은 없었어요. 정말 외롭다는 생각이 들면서 힘든 시간을 견뎠는데 지금 생각해보면 선배님들이 좀 야속하고 아쉽긴 했지만 그분들도 그때 누굴 봐줄 수 있는 입장은 아니었구나 싶습니다. 그분들도 젊었으니 누굴 감쌀 입장도 아니었고, 새로운 드라마를 시작하니까 누구나 긴장을 했겠지요.

오래전 이야기도 아닌데 그때는 지금보다 인간관계도 상당히 배타적이었다는 생각이 드는군요. 그런 가운데 35년을 헤쳐왔는데 쉬운 세월은 아니었지요. 누가 배우가 되겠다고 하면 뜯어말리고 걱정부터 하는 이유가 그런 과정을 어떻게 견딜 수 있을까, 하는 염려 때문입니다

1970년대 말에 TBC TV 드라마를 통해 크게 유행했던 가곡이 있습니다. 너무나 유명한 가곡 〈비목〉입니다.

작은 기적을 기다리는 기도

리스트 | 〈3개의 연주회용 연습곡〉 3번 D플랫장조 〈탄식〉
호르헤 볼레(피아노)

동물, 좋아하시나요? 저는 어릴 때부터 동물과 친할 수 있는 환경이 아니었습니다. 동물을 키울 수 있는 집 구조도 아니었죠. 어린 시절 대문에 '개 조심'이라고 써 붙인 있는 친구 집을 가면 굉장한 스트레스를 받던 아이였습니다. 오래전에 고양이를 키우는 중국음식점이 있었는데 짜장면을 먹다가 고양이가 나타나면 온 신경이 고양이에게 쏠려서 결국 아쉽지만 젓가락을 내려놓고 나와버리는 바보 같은 학생이기도 했죠.

작년에 〈아빠를 부탁해〉라는 방송에서 딸 다은이와 애견센

우리집 강아지, 두부.
덜 아프고 조금만
더 오래 같이 있고 싶다.

터에 갔다가 강아지를 처음으로 안아보고 몸과 살을 처음 느껴
봤습니다. 만져보고 안아보면서 자신감이 생겨서 키울 수도 있
겠다는 생각을 조금 갖게 됐죠.

아내와 동네 한 바퀴 산책을 할 때마다 동물병원 앞을 지나
가면서 만나곤 하던, 유리창 안쪽의 예쁜 강아지가 있었습니다.
어느 날 그 녀석이 안 보이기에 궁금해서 가게 안에 들어갔더
니 그 녀석을 놓고 상담중이었는데 곧 강아지를 사려는 분위기
였어요. 불안한 마음이 들기 시작했죠. 그분은 외국에 사는 사
람이었는데 강아지를 외국으로 데리고 가야 하는 문제로 결국
은 포기했습니다. 휴우, 가슴을 쓸어내렸습니다.

그날 저녁, 아내와 합의를 봤습니다. '그 강아지를 데려와야

겠다, 걔가 다른 데로 가면 우리가 힘들 것 같다'고요. 그리고 다음날 바로 우리집으로 데려왔습니다. 아들 준영이와 딸 다은 이가 '두부'라는 이름을 지어줬습니다. 얼마나 애교가 많던지요. 허리가 휘도록 꼬리를 치는 모습을 보고 있으면 늦둥이를 본 느낌이라고나 할까요. 참으로 예쁘고, 눈동자가 어찌나 맑고 까맣던지요.

그런데 어느 날부터 놀지를 않는 거예요. 가만히 엎드려 있고, 부르면 오기는 하는데 뭔가 이상합니다. 딸이 "아빠, 두부가 이상해" 하기에 살펴보니 걸어가는 뒷모습이 약간 오른쪽으로 방향이 틀어져 있는 거예요. 이상하다 싶어서 바로 병원으로 달려갔죠.

정밀 진단 끝에 뇌수막염이라는, 고칠 수 없는 병에 걸렸다는 말을 들었습니다. 약물로 치료하면 어느 정도는 유지가 되겠지만 오래 살지는 못할 거라고 하더군요. 길어야 몇 개월, 그 말을 듣고 아들 준영이는 오열하고 딸 다은이는 통곡을 하고 아내도 하염없이 눈물을 흘렸지요. 저도 강아지 때문에 그렇게 펑펑 울게 될 줄은 정말 몰랐습니다.

놀지도 않고 장난감도 전혀 만지지 않는 두부를 보고 있으려니 마음이 너무나 아팠습니다. 그래서 그동안은 체중 조절을 이유로 사료만 줬는데 "너도 이젠 맛있는 거 많이 먹어라" 하면서 맛있는 것을 주기 시작했습니다. 그러자 살이 찌면서 또 우리 가족을 고민에 빠지게 하기도 했죠.

제 평생에 강아지를 위해 기도를 하게 되리라고는 생각도 못 했습니다. 그날부터 두부의 머리를 어루만지면서 온 가족이 간절히 기도를 합니다. 두부는 부르면 막 달려와서 안기진 않아요. 달려와서 근처까진 오는데, 그다음엔 우리가 오기를 기다립니다. 그런데 자기를 위해서 기도할 때는 제 무릎에 쏙 들어와 앉습니다. 그리고 기도하는 동안 머리에 손을 대고 있으면 가만히 있어요. 참 알 수 없는 일이죠. 참으로 신비로운 체험을 하고 있습니다.

저희 가족은 기적을 기다리고 있습니다. 두부가 원래 주어진 수명만큼만 우리와 함께 있어주기를 간절히 바라고 있습니다. 반려동물을 키우는 많은 분들 가운데 저희 같은 집이 적지 않은 것 같아요. 병원에 가보니 그 병이 아주 흔하지는 않지만, 그렇다고 흔치 않은 것도 아니더군요. 아픈 반려동물들에게, 그리고 두부에게 기적이 일어나기를 기도하며 리스트의 〈탄식〉을 듣습니다.

사노라면
언젠가는

슈베르트 | 연가곡집 〈겨울 나그네〉 5곡 〈보리수〉
디트리히 피셔디스카우(바리톤), 제럴드 무어(피아노)

살다보면 일이 풀릴 때도 있고 꼬일 때도 있습니다. 방송만을 통해서 '강석우'를 본 사람들이 보기에는 잘 풀린 인생으로 비칠 가능성이 크지요. 하지만 사람인데 그럴 리가 있겠습니까. 지금은 잘 기억나진 않지만 젊을 때는 일이 꼬일 때도 많이 있었죠.

저는 일이 꼬이거나 잘 풀리지 않는 상황조차도 순순히 받아들이는 편입니다. 그래서 그 일이 저에게 답답하거나 아프게 오지도 않고, 기억에 별로 남아 있지도 않은 것 같아요. 일이라는 것은 언제나 때가 있는데 내가 원하는 시간에 그 일이 일어나지 않으면 우리는 그 일을 꼬였다고 말합니다. 저는 그런 것에 대해 순응하고 꼬였다는 생각을 별로 하지 않습니다. 다른 분들의 기준으로 생각하면 꼬였다는 일이 제법 많죠.

그런데 나이가 들어가면서는 일이 더 술술 풀렸습니다. 스케줄 같은 것도 두 개가 겹쳐서 "큰일이네" 하면서 난감해하고 있으면 저쪽에서 먼저 전화가 와서 "죄송한데 시간을 변경해주실 수 없겠습니까?" 하니, 세상에 이런 고마운 일이 어디 있겠습니까. 아주 너그러운 사람처럼 "아, 그러시죠. 뭐 그럴 수도 있죠"라고 하여 오히려 멋있는 사람처럼 비치게 됐던 적도 있습니다.

촬영과 중요한 약속이 겹쳐서 "야단났네, 이 약속은 옮길 수도 없는데" 하고 걱정하고 있는데 느닷없이 촬영 스태프가 전화를 해서는 "그 장면을 조금 일찍 찍을 수 없을까요? 다른 배우가 양해를 구하는데요" 하면 "아니, 스케줄을 그렇게 막 바꾸면 안 되지! 흠, 다음부턴 그러지 마" 하고 짐짓 크게 봐주는 척하면서 시간을 바꿔주는 겁니다. 제 인생에는 그런 식으로 풀린 일이 비일비재해서 스케줄이 꼬여 있어도 그냥 방치해둘 때가 많아요. 저절로 해결이 되니까요.

라디오 방송을 오래 하면서 혼자 조용히 하는 프로그램을 하고 싶다는 생각에 라디오를 그만두겠다고 문자로 통보를 했는

데, 바로 다음날 아침에 다른 방송국에서 문자가 왔습니다. 이번 개편에 같이하고 싶은데 생각 없냐고요. 속으로 정말 깜짝 놀랐죠.

그러나 말로는 "내가 지금 이쪽에서 라디오를 잘하고 있는데 그게 무슨 소리냐"고 펄쩍 뛰는 척했습니다. 그러나 말미를 두면서 "생각을 좀 해보자."라며 다음에 문자를 하기로 하고 끊었는데…… 참 이상한 일이에요. 왜냐면 방송을 그만두기로 한 건 아내와 저만 아는 사실이었거든요.

그만두겠다는 문자를 받은 방송국 담당자가 CBS 담당자와 통화했을 리도 없습니다. 그런데 만약 옮기게 되면 미리 옮기기로 약속을 하고 그만둔 게 아닌가 하는 오해를 받을 수 있겠다는 생각이 들어서 먼저 하던 방송사의 담당자를 만났습니다. 그리고 문자를 보여줬죠. 양쪽의 문자 시점을 보여준 겁니다. '내가 방송국을 옮기기로 하고 이 방송을 그만둔 건 아니었다, 설명할 수 없는 일이 나한테 벌어졌다'고 말했죠.

그리고 한참이 지난 다음 CBS 관계자를 만나기로 했는데 그 자리에 지금 방송을 같이 하고 있는 손명회 PD도 나왔죠. 사실 CBS를 만날 때 마음속으로는 옮기기로 이미 결정을 하고 있었지요. 그리고 CBS FM으로 건너와 〈강석우의 아름다운 당신에게〉를 처음 방송할 때 정말 많은 분들이 신청해주신 곡이 있는데요, 아직도 저를 영화 〈겨울 나그네〉의 피리 부는 소년 민우로 기억하시나봐요. 슈베르트의 〈겨울 나그네〉 가운데 다섯번째 곡인 〈보리수〉입니다.

보이지 않는
슬픔

모차르트 | 피아노 소나타 13번 B플랫장조 K.333 2악장 '안단테'
안드라스 시프(피아노)

저는 아주 어릴 적부터 시력이 좋지 않았습니다. 초등학교 다
닐 때 어느 날부터 칠판의 글씨가 잘 안 보여서 선생님께 말씀
드렸더니 앞자리로 옮겨주셨죠. 그랬더니 뒷자리의 조그만 친
구들이 저 때문에 안 보인다고 원성이 높았습니다. 그래서 뒤로
가려고 안경을 맞추게 됐는데 당시에 안경을 낀다는 것은 아이
들 사이에서는 놀림감이었죠. '안경잽이'라고 얼마나 놀림을 받
았던지요. 지금이야 눈 나쁜 사람이 워낙 많은데다 안경 끼는
게 일상적이고, 패션으로까지 여겨지지만 그땐 그렇지 않았습

니다.

연기를 하게 되면서는 콘택트렌즈를 사용할 수밖에 없었습니다. 지금보다 품질이 좋지 않았을 때라 그걸 끼고 밤샘 촬영을 하고 아침이 되면 눈이 뻘겋게 충혈됐죠. 화면에 눈이 뻘겋게 나오면 안 되니까 안약을 넣어서 핏기를 없앱니다. 그걸 반복하다보니 약간 통증을 느끼게 됐어요. 그때의 텔레비전 녹화 스튜디오는 정말 열악했습니다. 먼지가 얼마나 많았는지 녹화 끝나고 집에 가서 코를 풀면 까맣게 나올 정도였으니까요. 그런 스튜디오에서 콘택트렌즈도 얼마나 오염이 됐겠습니까.

그런데 어느 날 녹화중에 앞이 잘 안 보이기 시작하는 거예요. 근처 여의도의 안과로 거의 업혀 가다시피 갔죠. 콘택트렌즈에 오염에 의한 각막 파열이라는 진단을 받았습니다. 녹화는 마저 해야 한다고 하니까 안약을 주면서 정 아프면 조금씩 넣으라고 했습니다.

각막이 찢어졌으니 눈이 얼마나 쓰리고 아팠겠어요. 계속 통증이 와서 눈에 안약을 떨어뜨렸는데 눈동자에 안약이 안 떨어지고 계속 볼에 떨어져 흐르는 거예요. 이상하다싶어서 계속 넣었는데 나중에 알고 보니 그게 마취제였고, 눈동자가 이미 마취가 돼 있으니까 안약이 떨어지는 걸 느낄 수가 없었던 거죠. 결국은 녹화가 끝나고 백병원으로 실려갔습니다. 입원을 하고 치료하고 퇴원했다가 재발해서 병원에 갔고 14일 동안 두 눈을 싸매고 입원하게 됩니다.

어머니가 너무 걱정하실까봐 과로로 며칠 병원에서 쉰다고, 어머니께서 병원에 안 오시면 제가 용돈을 많이 드리겠다고 그랬죠. 어머니께선 알겠다고 하셨습니다. 그렇게 어머니는 못 오시게 하고 친구들의 도움으로 병원에서 잘 지내다가 퇴원을 했고, 그후로는 두 번 다시 렌즈를 끼지 않았습니다.

제가 사극을 잘 안 하는데, 그 이유도 눈 때문입니다. 분장을 하면 안경을 벗고 다녀야 하는데 안경을 벗고 하루종일 녹화를 하고 나면 눈과 머리에 통증이 너무 심하게 와요. '숙종' 할 때도 그랬고, '정조' 할 때도 그랬고 너무 고통스러워서 그 다음부터 사극을 기피하게 되었습니다.

가끔 어머니 마음을 생각해봅니다. 아들이 병원에 입원해 있는데 오지 말라고 하니 가지는 못하겠고, 어머니의 감으로 뭔가 불안한 느낌은 있었을 것이고…… 제가 부모 입장이 되어보니 얼마나 답답하고 불안하셨을까 하는 생각이 듭니다. 지금 부모인 나라면 내 자식이 나한테 그런 얘길 했다고 내가 안 가고 견딜 수 있었을까 하는 생각을 하면서 그냥 오시도록 해서 별것 아니라고 자세히 설명을 해드릴걸, 하는 후회가 듭니다.

요즘에 또 눈이 좋지 않아져서 병원에 치료 받으러 다니는데 오래전 그 생각이 나면서 참 후회를 많이 합니다. 어머니께 무조건 숨기기보다 자세히 설명을 해드렸으면 어땠을까 하구요.

피곤할 때 눈 감고 쉬면서 듣기에 최고인 곡이 있지요.

발가락이
닮았다?

바흐 | 2대의 바이올린을 위한 협주곡 D단조 BWV1043 2악장 '라르고 마 논 탄토'
다비트 오이스트라흐 & 이고르 오이스트라흐(바이올린)

자식을 키우다보면 나를 닮은 모습 때문에 뿌듯하기도 하죠. 어떤 면에선 닮지 말았으면 하는 모습을 닮았을 때는 미안한 생각도 듭니다.

저는 발볼이 넓은 편이어서 구두를 신으면 영 모양이 나지 않습니다. 양복을 잘 차려입으면 바지 밑이 뚝 떨어져야 하는데 저는 넓은 발등 탓에 떨어지는 맛이 없어요. 옷이나 다른 것에 비해서 신발을 크게 신는 게 남모를 고민이었습니다. 발볼이 좁고, 곧게 뻗은 남자들이 참 부러웠어요. 이 고민이 내 대에서 끝나기를…… 그런데 불행하게도 우리 아들과 딸이 제 발을 닮았습니다.

가끔 저에게 불만을 얘기할 때도 있죠. 그러면 제가 좀 미안해 하기도 하면서 억지를 부립니다. "발은 좀 못생겼는데 얼굴이 멋있고 예쁜 게 나은 거야? 발은 예쁜데 얼굴이 못생긴 게 좋아?"라고 말하면, 아이들은 이구동성으로 발이 예쁜 게 좋다고 저를 놀리며 대답합니다.

식성도 저를 닮았을까 궁금하긴 한데요. 요즘 젊은이들은 패스트푸드를 좋아하기 때문에 우리가 좋아하는 음식과 그들이 좋아하는 음식을 비교하기가 어렵긴 하죠. 그런데 아들이 초등학교 시절에 불고기를 먹으면서 불고기 판 옆에 냉면 사리를 올려줬는데 그걸 먹더니 "세상에 이렇게 맛있는 음식이 있어요"라는 표현을 해서 같이 식사하시던 저희 부모님께서 굉장히 흐뭇해하셨던 표정이 기억납니다.

아이들과 식사하는 시간이 점점 줄어들어서 주말이라든지 무슨 날이 돼야 겨우 함께 식사를 할 수 있는데 가끔 아들이 어렸을 때 중국집에서 같이 먹던 음식이 생각납니다. 아들과 저는 짬뽕과 볶음밥을 시킨 뒤에 볶음밥은 옆에 제쳐놓고 짬뽕의 면만 같이 건져 먹습니다. 그리고 남은 국물에 볶음밥을 말아서 먹는 거죠.

보통 짬뽕밥은 짬뽕에 맨밥을 마는데 돈이 조금 더 들긴 하지만 볶음밥을 말아먹으면 기름진 맛이 있어서 아주 맛있습니다. 그걸 아들에게 권했는데 먹어보더니 굉장히 좋아하더라고요. 그후에도 가끔 "준영아! 짬뽕밥 어때?" 하면 "콜!" 해서 그렇게 먹었던 기억이 있습니다. 아버지의 취향을 아들이 인정했다고 할까, 아니면 나와 식성이 맞는 건가 하는 생각에 왠지 마음이 뿌듯합니다. 그렇게 같이 짬뽕과 볶음밥을 먹던 생각을 하면 언제나 기분이 좋아집니다.

최근에는 시도한 적이 없는데 사실 마음 한구석에 "볶음밥과 짬뽕 먹을까?" 했을 때 "아니에요. 전 다른 거 먹을게요"라고 거절당할까봐 못하는 마음도 약간은 있지요. 그때 그 기억이 너무 좋았기 때문에 깨뜨리고 싶지 않은 겁니다. 저에게는 무척 소중한 기억인데 아들한테도 그것이 좋은 기억인지는 잘 모르겠습니다.

어느 날 아들이 "아빠, 짬뽕에 볶음밥 말아 드시러 가실래요?"라고 말하는 날이 올까요. 그런 날이 오면 저는 어떤 표정이 될까요. 글쎄요, 뭐 그런 날이 올 수도 있겠지요. 사실은 그런 날이 오기를 바라는지도 모르죠. 날이 추워지면 따끈한 짬뽕 국물 생각도 나고 짬뽕밥을 제조(?)해서 같이 먹던 아들과의 추억도 떠오릅니다. 아버지와 아들, 하면 언뜻 머릿속에 떠오르는 두 사람, 아버지와 아들의 멋진 이중주가 있습니다.

로미오와 줄리엣을
방해하는 기침 소리

베를리오즈 | 〈로미오와 줄리엣〉 중 '사랑의 장면'
로린 마젤(지휘), 빈 필하모닉 오케스트라

음악회 자주 가시나요? 종종 음악회에 난생처음 가보았다는 분들을 만나게 됩니다. 사실 음악회에 선뜻 혼자 가기는 쉽지 않으니까 먼저 누군가의 초대를 받으며 시작해야 되는데 그런 기회가 안 된 분들은 그럴 수 있습니다.

언젠가 한번 얘기한 것 같은데 연주회장에 갈 때 제가 꼭 준비하는 것이 세 가지 있다고 말씀드렸습니다. 물을 꼭 가져가고 머플러를 꼭 가져가죠. 그리고 사탕을 갖고 가는데 요즘 예술의 전당 로비에는 사탕이 준비돼 있더군요. 바스락 소리가 안 나는

껍질의 사탕이어서 누군가의 섬세함이 있구나 하는 생각을 하며 감사하는 마음으로 아내와 저는 네 알 정도 집습니다.

연주회장에 갔을 때 기침은 참 문제죠. 조용한 음악이 나올수록 더 기침이 나오는 것 같고 참으려고 할수록 점점 더 괴로워지는데 나오는 기침을 참기는 정말 어렵습니다. 참으려고 애쓰다가 결국 터지고 말죠. 그래서 악장 사이에 미리 기침을 좀 해두려는 청중들이 늘어서 악장과 악장 사이에 소란스럽긴 하지만 좋은 음악을 연주하라고, 또 잘 듣겠다는 노력인 것 같아 이해가 됩니다.

얼마 전에 대니얼 하딩이 지휘하는 파리 오케스트라 연주회에 갔는데요. 그날 베를리오즈의 관현악 모음곡 〈로미오와 줄리엣〉이 연주됐습니다. 조용하고 서정적인 선율이 아름다운 곡이지요. 특히 두번째 '사랑의 장면'은 그 유명한 발코니 장면으로, 〈로미오와 줄리엣〉의 하이라이트라고 해도 과언이 아닌데, 비올라의 선율이 황홀하도록 매혹적이었습니다.

그런데 몇몇 분이 계속 기침을 하더군요. 기침이 나오면 손이나 수건, 머플러로 막아서 소리를 최소한으로 줄이는 것이 연주자들과 다른 관객들에 대한 예의인데 두 분 정도가 대놓고 안방에서 하듯 폭발적인 기침을 하셔서 깜짝 놀랐습니다. 음악회가 아니어도 다른 사람들이 있는 장소라면 그런 기침은 커다란

결례 아닐까요. 기침을 참기는 어렵지만 기침이 나오려 하는 것은 금방 알 수 있을 테니 소리를 작게 할 방법을 빨리 마련하면 될 텐데, 열심히 연주하는 오케스트라와 지휘자에게 너무 미안한 생각이 들었습니다.

그런데 우연인지 세번째 곡으로 넘어갈 때 악보를 급하고 빠르게, 약간 소리가 나게 여러 장 휙휙 넘기는 지휘자를 보면서 소란스러운 분위기 때문에 연주에 지장을 받아서 신경질적인 반응을 보인 게 아닌가 하는 우려마저 들었습니다. 그 대포 같은 기침 소리 때문에 우리나라 관객 모두의 수준을 과소평가하지 않았으면 좋겠는데 걱정이 좀 되었습니다. 좋은 관객이 좋은 연주를 만든다. 너무 흔한 말입니다. 연주회장이 아니어도 살아가면서 어디서나 지켜야 할 최소한의 예의가 필요하다는 생각이 자꾸 듭니다.

군복 입은 산타클로스의
깜짝 선물

바흐 | 칸타타 BWV147 〈마음과 입과 행동과 생명으로〉 중 합창 〈예수, 인간 소망의 기쁨〉
김진호(피아노)

해마다 겨울이 오면 생각나는 일이 하나 있습니다. 어렸을 적에
저는 잘사는 친구들을 참 부러워하던 아이였습니다. 두툼한 장
갑을 낀 친구도 부러웠고, 따뜻한 목도리를 두른 친구도 부러웠
고, 따뜻한 방한복을 입은 친구도 부러웠지만, 그중에 제일 부
러워했던 건 스케이트를 가진 친구였습니다.

'전승현 스케이트'. 그때는 정말 폼이 났죠. 양쪽 스케이트화
끈을 묶어서 어깨에 늘어뜨리고 가는 아이를 보면 정말 부러웠
습니다. 당시 스케이트화의 가격이나 가치를 따진다면 지금의

아주 비싼 자전거나 오토바이, 아니면 젊은 시절 갖고 싶었던 자동차 정도랄까, 약간 과장되긴 했지만, 그 정도로 저는 도저히 가질 수 없는 귀한 물건이었습니다.

초등학교 4학년 때 친구 몇 명은 그 귀한 스케이트화를 갖고 있었습니다. 어느 날 형편이 안 되는 걸 알면서 괜히 심술이 났는지, 어머니께 떼를 쓰고 있었지요. 발버둥을 치면서 악을 쓸 정도는 아니었고, 안 사주면 밥을 안 먹겠다면서 흐느껴 우는 어린이 쪽이었을 겁니다.

그런데 그날, 그 겨울의 어느 날, 그야말로 영화 같은 일이 제게 일어납니다. 제가 잘 모르는 어떤 군인 아저씨가 그 시간에 우리집을 방문했는데, 울고 있는 이유를 묻더니 저를 어딘가로 데리고 갔습니다. 오늘날 동대문 DDP 자리에 예전엔 서울운동장(동대문운동장)이 있었는데, 그 곳의 1층에는 체육사들이 즐비했거든요. 그때 을육체육사인가, 거기에 가서 꿈의 브랜드인 전승현 스케이트화를 사준 겁니다. 하늘을 날 듯 이루 말할 수 없이 기뻤죠.

그때부터 서울운동장에 있는 스케이트장, 창경궁에 있는 연못, 버스를 타고 30분 정도만 나가면 동네마다 있던 빈터나 논에 물을 부어서 얼린 사설 스케이트장에 갔습니다. 서울운동장의 스케이트장에서 먹던 어묵과 떡볶이는 잊을 수 없는 맛이었죠. 아침부터 해가 질 때까지 본전을 뽑는다면서 나중에는 발목에 힘이 풀려서 복숭아뼈가 거의 얼음판에 닿도록 스케이트를 끌며 탔습니다.

내복까지 젖어서 뻣뻣하게 얼어붙은 바지를 질질 끌면서 집으로 오던 기억도 납니다. 요즘 아이들은 스케이트를 잘 안 타는 것 같아요. 대신에 스키를 타나요? 우리 때는 스키라는 게 있는 것도 몰랐죠.

그때 스케이트를 사주신 분과는 지금도 가끔 연락하기도 하고 만나기도 합니다. 연말이 되면 옛날 생각에 고마워서 그분 가족들과 매년 겨울 한 해를 마감하는 시점에 식사를 하곤 하는데 언젠가 그때 일을 기억하시느냐고 물어봤더니 생생하게 기억한다면서 "네가 그때 너무 갖고 싶어 해서 내가 사줬다"라는 말씀을 하셨습니다.

그때 아마도 일병이나 상병 정도의 계급이었을 텐데 몇 달 치 월급을 다 털었던 건 아니었는지…… 어린 꼬마에게 정말이지 평생 잊지 못할 추억을 선물해주신 고마운 분이셨지요. 날이 추워지면 서울운동장의 스케이트장과 그날의 스케이트, 그리고 스케이트의 날을 가는 아저씨들 모습도 생생하게 기억이 납니다.

그 당시 스케이트장에 같이 있었을지도 모르는 중학교 1년 후배 김진호의 피아노 연주를 참 좋아합니다.

시계를 거꾸로
돌리고 싶지 않은 이유

막스 브루흐 | 비올라와 오케스트라를 위한 로망스 Op. 85
제라르 코세(비올라), 켄트 나가노(지휘), 리옹 오페라극장 오케스트라

삶의 시계를 거꾸로 돌리고 싶으신 분들, 과거로 돌아가기를 바라는 분들이 꽤 많지요. 하지만 저는 과거로 돌아가고 싶지 않은 사람입니다. 예전부터 막연히 그렇게 생각하고 있었는데, 왜 과거로 돌아가고 싶은 마음이 없는지를 찬찬히 생각해보았습니다.

그리고 그런 생각을 하게 한 어린 시절의 몇 가지 사연들이 선명하게 떠올랐어요. 지금에 비해 어린 시절은 일단 삶이 너무나 불편했어요. 고만고만한 애들 다섯 명이 있던 집안에 소풍을

가거나 기성회비(나중에 육성회비로 명칭이 바뀌었죠) 낼 때가 다 가오면 늘 걱정하시던 어머니 모습이 먼저 떠오릅니다.

지금은 점심, 저녁, 다음날 점심, 저녁까지 연속으로 외식을 해도 가정경제가 무너지진 않아요. 그래서 행복합니다. 그런데 막상 연속으로 그렇게 하고 나면 마음 한구석에 알 수 없는 불안감이 스멀스멀 피어오르는 것은 아마도 어릴 때의 힘겨웠던 추억들 때문 아닐까요.

한옥에 살면서 불편했던 여러 가지 일들, 뜨거운 물을 쓰기 힘들다거나 한겨울 새벽에 오들오들 떨면서 멀리 떨어져 있던 화장실에 가야 했던 것 등을 생각하면 욕실이나 화장실, 주방이 집안에 있다는 것도 너무 감사합니다. 그래서 불편한 시절로 가고 싶지 않은 마음이 저에게 있지 않나 하는 생각이 듭니다.

우연히 배우의 길을 가게 되었는데 준비되지 않았던 길이었기 때문에 적응이 좀 늦은 편이었습니다. 잡초처럼 밟히던 신인 시절이었죠. 길진 않았지만 그 기억이 싫습니다. 촬영 현장에서 많은 나이가 아닌데도 어른스럽게 행동하며 가정을 책임져야 하는 삶이라든가 그런 게 조금 버거웠던 기억이 납니다.

그리고 저를 가장 힘들게 했던 것은 술입니다. 술 권하는 사회에서 잘 어울리지 못했고. 일이 끝나면 모두들 의례적으로 술을 마시는데 거기서 약간 외톨이가 된 듯한 느낌이 들었다고 할까요. 실제로 따돌림을 당한 적도 있었고, 어울리지 못하는 것에 대해 자책도 많이 했고, 사전 준비 없이 갑자기 시작하게 된 영화배우 생활, 그리고 연기자로 이어진 생활에 괴리감이 컸습니다.

촬영 현장은 늘 부담스러웠어요. 사람들과 잘 어울리지 못하는 성격과 외로움을 많이 타는 성격 탓이 아니었을까요. 술이라도 잘했더라면 술기운에 어울리며 훨씬 편했을 수도 있었을 텐데요. 그래서 나이가 들면서 하고 싶지 않은 것은 안 해도 되는 지금이 너무 좋은 거죠. 굳이 나서서 어른이라고 얘기하지 않아도 사람들이 알아서 존중해주는, 그래서 그 속에서 자유로움을 느끼는 것이 좋은 것 같습니다. 흔들리지 않고 내 생각대로 열심히 살아온 인생이 요즘은 인정을 받는 것 같아서 지금 이 순간들이 참 좋습니다.

젊은 날에는 비난도 많이 받았죠. 혼자 너무 고고한 척한다고요. 결혼해서는 공적인 자리, 사적인 자리에 늘 아내와 함께 갔는데, 배우들은 모임에 부부 동반으로 참석하는 경우가 많지 않습니다. 그래서 저의 그런 행동을 노골적으로 비난하던 선배들도 있었고 가족을 최우선시하는 저의 삶을 비난하던 분도 꽤 있었습니다. 격랑의 세월을 지나서 평온한 바다 위를 항해하는 것 같은 요즘이 참 좋습니다. 그래서 옛날로 가서 다시 시작하라고 하면 자신이 없어요.

　물론 미련은 있죠. 젊은 날 제대로 표현하지 못했던 연기에 대한 미련, 지금의 감성으로 그 연기를 다시 한다면 정말 잘할 수 있을 거라는 미련이 있긴 하지만 대체적으로 지금이 삶이 너무 좋습니다.

　막스 브루흐도 옛날을 그리워했을까요. 젊은 날을 그리워하는 듯한 나른한 곡입니다.

'짱구' 소녀
임예진이 최고였다

슈베르트 | 〈그대는 나의 안식Du Bist Die Ruh〉 D. 776
미샤 마이스키(첼로), 다리아 호보라(피아노)

오래전 고등학교 졸업을 앞두고 재수를 결심하던 무렵이었습니다. 그때는 인사동 쪽에 학원이 많아서 대학 입학이 확정된 친구와 함께 학원을 알아보러 인사동 쪽으로 나갔는데 너무 일찍 간 바람에 시간을 때운다고 낙원상가에 있는 볼링장에 갔습니다. 입학이 확정된 친구는 웃으면서 재밌게 볼링을 치는데 저는 함께 치기는 치되 마음 한편이 몹시 무거웠던 기억이 납니다. 재수를 앞둔 심정은 이루 말할 수 없이 참담했죠.

절망적이고 앞이 전혀 예상되지 않고 보이지도 않는, 고등학

'쩡구' 소녀 임예진.

교 졸업 후 재수를 앞둔 그때, 10대 소년이 감당하기에는 어려
운 시절이었던 것 같아요. 학교는 안 가도 되고 재수학원 개강
은 안 했으니 시간이 많이 나죠. 그때 영화를 참 많이 봤습니다.
그때 본 영화들이 대학 면접시험에서 크게 도움이 되기도 했죠.
동시상영 극장에서 유현목 감독님 작품을 많이 보았는데 훗날
대학 입학 면접장에 유감독님이 계셨고 그분 작품 얘기를 많이
했더니 흡족해하시던 모습도 떠오릅니다. 아마 합격에 약간 영
향을 주지 않았나 싶습니다.

재수하던 때 유행하던 영화가 '진짜진짜 시리즈'였습니다.
〈진짜진짜 좋아해〉〈진짜진짜 잊지 마〉 같은 영화를 보면서 연
기의 세계는 내가 가고 싶은 꿈 같은 길이라기보다는 근처도
가기 어려운, 범접하기 어려운 별세계라는 느낌을 많이 가졌죠.
재수를 하고 있어 몹시 의기소침했던 시기이기도 했으니까요.

그때 그 영화의 주인공 임예진씨는 정말 예뻤습니다. 당대 최고의 인기가 아니었나 싶은데 요즘으로 치면 글쎄요, 요즘에는 예쁜 배우들이 동시에 여럿 떠오르지만 당시에는 임예진 한 사람만 보이던, 젊은이들한테 그야말로 독보적인 인기를 얻었던 배우였습니다.

하지만 얼마 후 임예진씨가 우리 과에 후배로 입학하면서 제가 가졌던 환상은 '와장창!' 소리와 함께 산산조각이 납니다. 공주 같고 소녀 같은 이미지는 물거품처럼 사라져버리고 '그냥 여자 사람' 같은 후배, 아주 명랑하고 천진난만하고 거칠 것이 없는 재밌는 성격의 사람, 소녀다움은 눈 씻고 찾아봐도 없는 사람이었죠.

그렇게 재수 시절에 영화를 보고 대학에 입학하고 영화배우로 데뷔하기까지 채 3년이 걸리지 않았습니다. 몇 해 전 낙원상가에서 친구와 볼링을 칠 때의 난감하고 막막했던 때를 생각하면 정말 상상도 못할 위치 상승이었죠.

세상일은 정말이지 모르는 거예요. 그때 제가 느꼈던 깊은 절망감을 지금 느끼고 있을 학생들이나 젊은이들도 많을 텐데요. 낙심과 포기는 절대 금물입니다. 뭔가를 열심히 하세요. 제가 그 기간에 영화를 계속 열심히 본 것도 어쩌면 저에게 준 인생의 선물 아니었나 싶기도 합니다.

지금도 가끔 임예진씨 부부와 식사를 하는데 돋보기를 쓰고 메뉴를 뚫어져라 보는 임예진씨를 보면서 혼자 웃곤 합니다. 오래전 영화 속 그 예쁜이는 어디로 간 걸까?

　"짱구야!"

　지금도 저는 임예진씨의 별명을 부르지요. 그 영화…… 엊그제 같은데 벌써 40년 전 얘기네요.

　짱구씨도 그렇고 저도 그렇고 참 열심히 살아왔네요. 이제부터는 좀 천천히 갑시다. 이 음악처럼.

나의 사춘기,
그리고 사랑하는 기타

모차르트 | 피아노 협주곡 23번 A장조 K. 488 1악장 '알레그로'
우치다 미치코(피아노), 제프리 테이트(지휘), 잉글리시 체임버 오케스트라

크리스마스가 다가오면 고등학교 시절의 일이 생각나는데, 그때는 문학의 밤이라는 것이 있었죠. 성당이나 교회, 구세군 교회 같은 곳에서 1년에 한 번 토요일 오후에 열리는, 학생들에게는 가슴 설레는 큰 행사 가운데 하나였죠. 그 시즌은 겨울이어서 오후가 되면 금방 컴컴해졌고 그러면 어둠 속에서 크리스마스트리가 아름답게 반짝였지요.

행사에서는 주로 시 낭송이라든가 독창, 이중창, 기타 연주, 피아노 연주를 했는데, 남녀 동석이 영 불편했던 시절이라 남학

문학의 밤 행사는 추운 겨울밤의 설레는 낭만이 있던 순간이었다(맨 오른
쪽이 나).

생, 여학생이 한자리에 앉아도 무슨 말을 해야 할지도 몰랐고,
같이 있는 것 자체가 마음이 편치 않았습니다. 하지만 문학의
밤은 연말 행사이기도 하고 공식적인 자리이기 때문에 부담이
덜했던 생각이 납니다.

　중학교 2학년 때 외할머니가 기타를 사주셨는데 얼마나 갖고
싶었던 거였는지요. 학교가 끝나면 집으로 달려와 맹렬히, 식음
을 전폐하고(?) 기타를 쳤습니다. 어쩌면 사춘기 시절을 그나마
무사히 보낼 수 있었던 것은 기타 덕분이 아니었을까 싶을 정
도로 코드를 배워가는 과정이 너무너무 즐거웠습니다.

고등학교 2학년인가, 3학년 때 명동 국립극장 무대에 친구들과 트리오로 서서 에벌리 브러더스의 〈Let It Be Me〉를 불렀던 적이 있습니다. 그날 게스트로 송창식씨가 나왔는데 송창식씨와 한 무대에 섰다는 것 자체가 가문의 영광이었죠. 마치 우리 트리오가 당대 최고의 스타인 송창식씨와 동격인 양 으쓱했던 기억도 납니다. 대학교 입학할 때는 신입생 장기자랑이라는 게 있었는데 〈Paper Roses〉라는 노래를 불러서 입상을 했어요. 전부 기타로 인한 추억이지요.

드라마 데뷔할 때 〈보통 사람들〉에서 법대생 역할이었는데 공부하다 쉴 때마다 노래를 하는 학생이었죠. 당시 신인이었던 듀엣 해바라기의 〈모두가 사랑이에요〉라든가 노사연의 〈님 그림자〉, 비지스의 〈Don't Forget to Remember〉, 또 〈사랑〉이란 노래도 있었죠. '사랑은 언제나 오래 참고……'로 시작하는 그 노래 말입니다. 그런 노래들을 드라마에서 파란색 기타를 치면서 불렀는데 노래하는 법대생이 결국 고시에 패스하면서 많은 사람들에게 꿈과 희망을 줬던 기억이 납니다.

그리고 1977년에 제1회 대학가요제까지 참가하는데, 거기까지가 기타와 함께한 추억의 나날이었습니다. 대학가요제에 나온 저를 기억 못하시는 것이 당연한 이유는 예선에서 탈락했기 때문입니다.

드라마 〈보통 사람들〉에서 파란 기타를
든 법대생이었던 나.

혹시 그때 입상을 했더라면 가수가 됐겠지요? 그랬다면 연기자의 길을 가지는 못했을 것이고, 그렇다면 오히려 떨어진 것이 잘된 일이 아닌가 위안해봅니다.

대학 방송국 시절에는 MBC가 주최했던 대학방송경연대회에 기획과 연출로 출품을 하는 등 이것저것 되든 안 되든 참가도 많이 하고 시도도 많이 하고 도전도 많이 했습니다. 살면서 도전을 두려워하지 않는 자신감을 그런 경험들을 통해서 갖게 된 게 아닌가 싶은데, 내성적인 성격임에도 그렇게 도전하는 걸 보면 스스로도 알 수 없는 성격이라는 생각입니다.

크리스마스이브가 되면 그때 그 문학의 밤에서 노래하던 생각이 많이 나는데요. 지금의 가수들 중에도 그런 문학의 밤 출신들이 많을 거라는 확신을 갖고 있습니다.

친구와 듀엣을 하기 위해서 며칠을 연습했고 무대에서 긴장을 이기는 법을 그때 배우기도 했고 끝나면 허탈함에 서로를 엄청나게 칭찬했지요. 큰 콘서트를 치른 뮤지션같이 기타 들고 상기된 얼굴로 집으로 돌아가는 버스를 탔던 캄캄했던 어느 날 밤이 기억납니다.

그 시절을 떠올리면 생각나는 영화가 〈러브 스토리〉인데요. 〈러브 스토리〉 하면 떠오르는 피아노곡이 있습니다.

그 많던 꽁보리밥집은
모두 어디로 갔나?

모차르트 | 클라리넷 협주곡 A장조 K. 622 2악장 '아다지오'
자비네 마이어(클라리넷), 한스 폰크(지휘), 드레스덴 슈타츠카펠레

요즘에는 먹을 게 천지죠. 어딜 가도 먹음직스러운 음식들이 참 많은데 저희가 한창 자랄 때만 하더라도 한식, 중식, 양식, 세 가지가 세상의 모든 음식이었죠.

요즘은 각 나라별로 대단히 많은 종류의 음식이 있는데 일식과 이태리식은 이미 우리 생활 속에 들어온 것 같고요. 맛있는 음식의 대명사였던 프랑스 요리는 조금 퇴색한 느낌이고, 멕시코 음식인 타코, 브리토를 비롯해서 인도의 난이나 커리, 태국 같은 동남아 음식들이 이미 별미가 아닌 주식처럼 돼버렸습니다.

그런데도 밖에서 일을 하는 사람들은 식사 때가 되면 고민입니다. 무엇을 먹어야 하나, 하고 말이죠. 저희 제작진들도 방송이 끝나고 가끔 식사를 하는데 메뉴 선정하는 데 고민이 약간은 있습니다. 다만 우리 스태프들과 저는 까다로운 편이 아니라 시간이 오래 걸리지는 않습니다. 가끔 일하는 친구 중에 무슨 음식이 안 되고, 생선이 안 되고, 면을 못 먹고…… 하는 사람을 만나면 괴롭죠. '아, 이래서 뷔페가 있는 건가?' 하는 생각이 들 때도 있습니다.

어린 시절, 외식은 짜장면, 특식은 탕수육이었던 시절에는 음식에 대한 고민이 없었죠. 어른들은 냉면이나 설렁탕 정도만 알던 그 시절이 오히려 좋았다는 생각이 듭니다. 초등학교 6학년 졸업식 날 닭곰탕이란 것을 처음 알게 됐을 때 그 기름진 국물이 너무너무 좋았던 기억이 생생합니다.

그런데 요즘에 잘 안 보이는 음식이 있어요. 제가 가끔 그 음식이 당겨서 찾아보는데요. 바로 꽁보리밥에 열무김치를 비벼 먹는 메뉴입니다. 어디엔가 있긴 하겠지만 그전만큼은 눈에 잘 띄지 않는 것 같아요. 꽁보리밥 프랜차이즈가 참 많았던 시절도 있었는데 말입니다.

86아시안게임과 88서울올림픽 즈음, 그때가 경제가 좋았다는 분들도 많죠. 부동산 개발과 건설 붐이 일어나면서 그때 개

발 이익을 본 사람들, 졸부들이 많이 생기면서 시중에 돈이 좀 돌았던 시절입니다. 그래서 고기가 반찬이 아닌, 밥 먹기 전에 고기를 먼저 먹고 후식으로 냉면이나 누룽지를 먹던 그때가 경제적으로 호시절이 아니었나 싶습니다.

그러다보니 가난했던 과거의 시절을 즐기려는 듯한 음식들이 나타났죠. 그게 바로 꽁보리밥, 막국수 같은 것이었습니다. 잘 먹고 살게 되니까 살찔까봐 다이어트 목적도 있었던 것 같아요.

그런데 요즘은 주머니가 많이 얇아졌죠. 회사에 다니는 분들도 경제가 안 좋으니 회식도 줄어들고, 고기를 충분히 먹지 못하고…… 평소에 먹는 것이 부실하다는 생각이 드니까 한 끼로 보리밥을 먹는 것은 곤란해진 것 아닌가, 그래서 그 음식이 사라진 게 아닌가 싶습니다. 방송 후에 점심을 뭘 먹을까 하면서 간판을 쭉 보게 되는데 간판을 보면서 '그 많던 싱아는 누가 다 먹었을까'를 빌려서 말하자면 '그 많던 보리밥집은 다 어디 갔을까' 하는 생각이 들었습니다.

그 집들이 사라진 것은 그만큼 우리의 현재 삶이 힘겨워서 그런 게 아닌가, 우리가 다시 어려웠던 시절로 돌아간 게 아닌가, 하면서 쓸쓸함에 젖었습니다.

꽁보리밥이 먹고 싶은데 그 집을 쉽게 찾지 못하면서 느낀 저만의 생각이었습니다. 많은 분들이 불경기를 이기고 힘든 터널을 빨리 빠져나가게 되기를 바랍니다.

핀잔 금지, 야단 금지,
그리고 무시 금지!

아일랜드 민요 | 〈대니 보이Danny Boy〉
에릭 클랩튼(기타)

방학을 하면 아이들은 너무너무 좋겠지만 부모님 마음은 어떨
지요. 아마 아이들과 같지는 않은 것 같습니다. 예쁜 애들을 오
래 보니까 좋기는 한데 그 마음이 오래가진 않죠. 자꾸만 마음
에 안 드는 게 눈에 띄게 됩니다. 부모들의 상상 속 자녀들이 있
어요. 늦잠 자지 않고 일찍 일어나서 스스로 책도 보고 텔레비
전도 안 보고 그러면 좋으련만, 현실은 그렇게 되지 않죠. 나가
서 운동도 하고 알아서 공부까지 해주면 얼마나 좋을까요.

하지만 그건 글자 그대로 환상에 불과합니다. 실제는 눈에 거

슬리는 게 점점 많아져서 짜증이 슬슬 나게 되지요. 그런데 그게 아이의 문제 때문이 아니라는 것을 알게 됐어요. 물론 방학이 돼서 뒤치다꺼리도 해야 하고, 체력적으로 벅차기도 하고, 요즘 경제적으로 어려움도 있고 해서 고함을 치기도 하고 험한 말투로 아이를 야단칠 때도 있는데 각 집안마다 나름의 문화가 있는 것 같아요. 어떤 집은 자녀들에게 '이놈, 저놈' '야, 인마' 같은 험한 말을 하기도 하지요. 그러나 그건 가정의 문화이기 때문에 뭐라 할 순 없을 겁니다.

어느 날 아내에게, 제 아들 친구 엄마가 전화를 했다고 해요. 청소년 때 고만한 친구들은 욕설을 하죠. 남자끼리 모이면 아무래도 거친 소리를 하는데 그 친구분이 "어쩌면 그 집 아이는 욕을 한마디도 안 해?"라고 했다는 겁니다.

그런 전화를 받았다고 아내가 기분이 좋아서 저한테 전해줬는데요. 그것은 저도, 아내도 상스러운 소리를 안 하니까 그 영향이 아닐까 하는 생각에 사실 기분이 많이 좋았습니다. 집집마다 다른 문화이기 때문에 어떤 것이 좋다고 단정적으로 말할 순 없겠죠. 자녀에게 격한 소리를 해도 받아들일 수 있다면 나름대로 친밀감이 있을 거예요. 정감 있다고 생각합니다. 하지만 제 아이들은 그런 얘기를 받아들이지 못하는 아이들이기 때문에 하지 않았던 게 아닌가 그런 생각도 듭니다.

자녀들이 마음에 안 들 때 어떻게 하시나요? 정말 그 감정이 지친 나 때문에 일어나는 감정인가, 아이가 절대적으로 잘못한 일인가를 판단하기가 쉽지 않은데, 정말로 가르쳐야 하는 순간이 있죠. 그럴 때는 절대로 화를 내면서 해서는 안 될 것 같아요. 저도 그게 잘 안 됐던 것 중 하나인데 그래서 많이 후회하기도 합니다.

얼마 전에 방송에 소개됐던 박목월 시인의 아내이자 박동규 선생의 어머니의 교육이 오랫동안 마음에 남아 있습니다. 절대로 자녀를 핀잔하거나 야단치거나 무시하는 일 없이 믿어줬다는 것, 그것이 아들인 박동규 선생에 대한 교육이었다는 고백을 본 적이 있습니다. 저도 어릴 적에 워낙 장난꾸러기여서 이것저것 사고를 친 쪽에 속하는데, 제가 잘못했을 때 이쯤이면 어머니가 분명히 뭐라고 하실 타이밍인데 어머니는 머뭇머뭇하시면서 하고 싶은 말씀을 결국은 속으로 삼키시는 모습이셨습니다.

뭐라고 얘기하지 않았던 그 모습이 어린 저에게도 보였어요. 나이들어서 보니까 그런 시점에 자녀에게 그 말을 하지 않고 참고 넘어간다는 것은 어려운 일이더군요. 방학이 돼서 힘들기도 하겠지만 그런 상황이 왔을 때 나를 테스트해볼 좋은 기회라고 생각해보면 어떨까요. 나를 좋은 부모로 만들어갈 수 있는 기회다, 그런 생각을 하면 어떨까요. 물론 저도 자녀와의 문제는 지금도 진행중이고 고민중입니다. 참 쉽지 않습니다.

자녀가 가슴 뭉클하게 기억하는 부모의 모습은 야단을 치기보다는 역시 따뜻한 눈빛으로 바라봐주는 모습인 것 같아요. 우리의 자녀들도 아마 그런 모습을 기억하지 않을까 하면서, 화를 내고 짜증을 내기보다는 자녀들을 위로해주고 감싸주고 믿어주는 방학이 되길 바랍니다.

영화 〈겨울 나그네〉 첫 장면.

잔소리와
귀한 말씀 사이

쇼팽 | 마주르카 Op. 33 No. 4
아르투르 루빈스타인(피아노)

매일 두 시간씩 생방송 위주로 방송을 한다는 것은 쉬운 일은 아닙니다. 오프닝이라든가 칼럼을 써주긴 하지만 청취자분들이 실시간으로 보내주시는 문자와 신청곡으로 얘기하다보면 준비돼 있지 않은 얘기를 할 수밖에 없죠.

그러다보면 아무래도 조심하지만 말실수를 할 수도 있고 오해를 불러일으킬 만한 얘기를 할 때도 있습니다. 예전에 어떤 분이 생방송중에 문자를 보내주셨는데, 노모를 모시고 사는 어떤 어르신이었어요. 저는 그 문자를 보는 순간에 노모, '늙은 어머니'라는 단어에 대해서 저의 의견을 얘기했죠. 나이드신 분들도 늙었다고 얘기하면 싫어하는데 굳이 거기다가 노모라고 얘기할 필요가 있는가, 하구요.

실제로 저는 안 쓰는 단어입니다. 어머니께서 살아 계실 때도 노모라는 단어를 쓰지 않았습니다. 그래서 제가 늙었을 때 제 자식이 '우리 늙은 아버지야' 이렇게 얘기하면 기분이 어떨까 하는 생각에 그 단어를 안 쓰는 건 어떨까 하는 얘기를 했는데, 정작 문자를 보내신 분은 오랜만에 문자를 보냈는데 당신보다 젊은 강석우라는 사람이 나를 가르치려고 드느냐, 하고 약간 오해를 하면서 언짢아 하셨다는 얘기를 들었습니다.

절대 그런 의도는 없습니다. 방송을 하면서 기왕이면 따뜻한, 또 방송에 참여해주시는 분들한테 감사한 마음으로 항상 문자를 봤는데, 그 문자를 읽은 다음에 제 얘기를 붙여서 하다보니까 문자를 보낸 분에게 하는 얘기처럼 들렸을 수도 있겠다는 생각이 들었습니다. 어쨌든 오해의 소지가 있도록 방송을 한 제 불찰이었으니 시간이 좀 지나긴 했지만 양해를 부탁드리고 노여움을 푸시길 바랍니다.

문자 주신 분들에 대해서는 절대로 그런 마음을 갖고 있지 않고요. 저의 얘기를 하다보니까 그렇게 됐습니다. 노모라는 단어에는 늙었다는 뜻만 아니라 어른이라는 뜻도 포함이 돼 있다는 생각을 나중에 하게 됐습니다. 제 생각이 짧았습니다.

어머니 생각을 쭉 하다가 최근에 크게 깨달은 게 있어요. 어머님 살아생전에 고분고분 잘한 적도 많았으련만 돌아가신 뒤에는 어머니께 짜증냈던 일, 못했던 일, 서운하게 했던 일……왜 그런 것만 생각이 나는지요.

왜 그렇게 잔소리하세요, 그만하세요, 내가 알아서 할게요, 참견하지 마세요, 이런 얘길 했던 기억이 나는데 어머니의 그 말씀은 잔소리가 아니었는데 내가 그 말씀을 잔소리라고 규정해버렸구나, 하는 생각을 했습니다.

나이든 자식에게 길 조심하라는 어머니의 말씀. 어머니는 정말 하고 싶은 얘기를 했던 거예요. 자식에게 꼭 하고 싶은 마음의 소리인 거죠. 그런데 자식들은 그것을 잔소리라고 단정지어버리는 거죠. 왜 어머니가 살아 계실 때 이런 생각을 못했을까 하는 후회가 많습니다. 어머니가 '차 조심해라' 하시면 왜 '네, 알고 있습니다'라고 하지 못했을까 하고요. '요즘 사고가 많아요. 고맙습니다. 조심히 다녀오겠습니다'라고 했다면 어머니의 말씀은 당부의 소리고 귀한 말씀이 되는 건데 내가 잘못 받아들였구나, 하는 생각을 많이 하게 됩니다.

명절 때에도 부모님의 당부의 말씀, 몇 번이나 반복된다 할지라도 잔소리라고 단정짓지 마시고 중요하고 귀한 말씀으로 받아들여주시면 좋겠습니다.

쇼팽도 폴란드 민속음악 '마주르카'를 50곡 이상이나 작곡한 걸 보면 어린 날 고향에서 들었던 그 리듬과 음정을 기억하고 있었던 게 아닌가 생각이 듭니다.

겨울에서 봄으로,
희망이 있어 견딘다

요한 슈트라우스 2세 | 왈츠 '봄의 소리' Op. 410
조수미(소프라노), 루돌프 비블(지휘), 빈 폭스오퍼 심포니 오케스트라

추운 겨울을 견딜 수 있는 건 역시 봄이 온다는 희망이 있기 때문이 아닐까요. 어려움을 겪을 때 좀 나아지리라는 희망이 있으면 아무래도 견디기 쉽죠. 계절도 그런 것 같습니다. 항상 추운 시베리아나 알래스카에 있는 분들은 어떤 생각을 하실까요. 혹독한 추위에 이미 적응을 했기 때문에 우리 생각과는 다른 생각을 하면서 살고 있지 않나 싶습니다.

입춘이 지나고 3월이 되면 봄이라고는 얘기하지만 사실은 아직 따뜻하다고 할 수 없는, 겨울의 끝자락입니다. 예전에 중고

등학교 다닐 때는 입을 옷이 많지 않아서 교복 세대인 사람들은 거의 교복만 입을 수밖에 없고 하교해서 집에 가서도 외출하게 되면 교복을 찾아 입었습니다. 교복을 안 입고 다니면 생활지도부에 끌려가던 시절도 있었죠.

교복은 참 추웠습니다. 교복을 만드는 천이라는 게 지금 생각하면 신통치 않죠. 과연 보온이 잘되는 옷감이었을까요. 혈기 넘치는 학생이었지만 그래도 참 추웠어요. 요즘엔 길을 걸을 때 피부가 그을린다고 그늘을 따라 걷는 분들이 많지만 그때는 따스한 게 그립기 때문에 햇볕을 찾아 걸었고, 햇볕이 있는 담벼락 쪽에 옹기종기 모여서 10분 쉬는 시간이면 햇볕을 쬐곤 했던 생각이 납니다.

중학교 때는 3월 초에 얼굴에 버짐이 피었죠. 얼굴 볼 쪽 입술 옆에 허옇게 일어나는 일종의 피부병입니다. 제가 전문가는 아니어서 잘 모르지만 아마도 겨우내 비타민 부족, 햇빛 부족, 영양 부족 때문에 생기지 않았나 생각하는데, 그때는 비타민을 따로 챙겨 먹어야 하는지도 몰랐고 해결 방법은 봄나물밖에 없었습니다.

당시에 '원기소'라는 영양제가 있어서 부잣집 아이들은 그것을 먹곤 했는데 우리 같은 평범한 집 아이들은 친구한테 얻어서 한 알 먹어보는 것이 고작이었습니다. 그 고소한 맛이

언제 어디서나 교복을 입어야 했던 시절.
지나가버렸기에 그리움이다.

란…… 하지만 그것조차 못 먹었기 때문에 부잣집 아이들은 점점 살찌고 가난한 집 아이들은 점점 야위어 누구나 배에 '식스팩'이 있었던 시절입니다.

제철 나물인 냉이, 쑥, 달래가 아니면 비타민을 섭취할 수 없었죠. 그런데 그게 애들 입맛에는 안 맞는 음식이죠. 심지어 시장에서 사다가 해주신 것도 아니고 직접 바구니 들고 나가 캐다가 먹여주신 어머니…… 어머니에게는 그 방법밖에는 없었던 시절이었습니다.

참 모호한 때죠. 우리가 입은 옷은 추위를 못 막아주고 기름진 음식도 부족했기 때문에 늘 허기지던 세월이었습니다. 나물에 의존하고 햇볕에 의존하는 방법은 원시적이긴 하지만 정말 좋은 것이기도 했습니다. 그보다 좋은 것은 없죠.

그런데 사실 우리에게 정말로 필요한 것은 공짜라는 거 알고 계시죠? 햇볕, 공기, 물 등이 얼마나 평등한 것인지 모릅니다. 정말 감사한 것이죠. 그것 때문에 살아낼 수가 있었습니다. 3월이 와서 봄 아닌 봄을 맞으면 까까머리에 버짐 핀 얼굴, 추워서 움츠린 어깨로 봄을 맞던 어린 날의 모습이 생각납니다. 그 시절을 생각하면 참 잘 살아왔다, 지금은 너무나 행복하다는 생각을 절로 갖게 됩니다. 창밖을 보다가 문득 그 시절이 떠올랐습니다. 봄은 오겠죠?

시간은 알레그로,
걸음은 아다지오

모차르트 | 피아노 협주곡 23번 A장조 K. 488 중 2악장 '아다지오'
알리시아 데 라로차(피아노), 콜린 데이비스(지휘), 잉글리시 체임버 오케스트라

모차르트 클라리넷 협주곡 두 번째 악장 '아다지오'는 많이 들을 수 있고, 또 귀에 익은 곡이기도 한데요. 영화 〈아웃 오브 아프리카〉를 떠올리면 노을 지는 장면, 경비행기를 타고 날아가던 데니스와 캐런의 모습, 홍학 떼 장면이 생각나는 곡이기도 하죠. 어느 날 이 음악을 듣다가 갑자기 모차르트가 몇 살에 작곡을 했기에 이렇게 느린 템포가 가능한가, 하는 생각이 들었습니다.

200여 년 전에 살던 사람이 서른 살쯤이면 오늘날로 치면

40, 50대의 어른 정도로 성숙한 사람이었겠죠. 당시의 협주곡은 두번째 악장은 느린 악장으로 정해져 있기는 했지만, 아무리 느린 악장이라고 해도 조급함이란 전혀 느낄 수 없는 이런 템포가 과연 젊은 나이에 가능할까 생각했습니다. 그런 면에서 모차르트는 참 위대하다는 생각을 다시 한 번 했는데요.

얼마 전에 클래식 공연을 중계하는 방송을 보다가 예순을 바라보는 지휘자가 브람스의 교향곡 연주를 마친 뒤 젊은 연주자들을 보면서 "이 곡은 내 나이는 돼야 알지" 하면서 브람스의 곡을 설명하는 모습을 봤습니다. 그 장면을 보면서 저도 동의하며 웃었습니다.

음악을 멜로디로 감상하는 것은 나이와 관계없이 가능하지만 작곡가의 깊은 인생을 느끼려면 듣는 사람에게도 얼마만큼 세월의 깊이가 필요하다는 생각을 하니 대학 시절 은사님인 이해랑 선생님의 가르침이 떠오르네요.

대학교 4학년 때 졸업 공연으로 안톤 체호프의 〈세 자매〉를 올렸는데, 연습 도중 선생님이 "어이, 걸음걸이가 빨라, 천천히, 연기 호흡이 너무 빨라"라고 계속 지적을 하시는 거예요.

"상대방 얘기를 충분히 듣고 천천히 반응해라, 걸음 속도가 빠르다."

저 나름대로는 더이상은 어찌할 수 없을 만큼 천천히 하고

'천천히, 더 천천히' 걸어야 했던 체호프의 〈세 자매〉.

천천히 걸어도 그분 특유의 호흡이 많이 섞인 목소리로 "아니야, 아니야" 하셨죠. 아무리 천천히 한다고 해도 선생님이 보시기에는 빨랐던 모양인데 더이상은 늦출 수 없어서 힘들었던 기억이 나면서 나이가 드니까 그때 선생님의 주문이 무슨 말씀이신지 이제는 조금 이해가 됩니다.

세월이 주는 느림, 세월이 주는 템포는 젊은 시절에 일부러 되는 것은 아닌 것 같아요. 젊은 사람은 절대 알 수 없는 여유, 세월이 주는 선물이기도 하죠. 나이가 들면서 생기는 느림의 미학은 나이가 든 분들에겐 선물이 아닐까 싶습니다.

요즘 졸업 공연을 준비하느라 새벽에 지쳐서 들어오는 딸아이를 보면서 오래전 제가 졸업 공연 연습하던 생각이 났습니다. 딸 아이가 엊그제 입학한 것 같은데 어느새 졸업을 앞두고 있다니…… 정말 세월이 빠르군요. 공연 장소가 우리 때는 남산 국립극장이었는데 딸아이는 동국대학교 안에 있는 이해랑 극장에서 한다고 하네요. 젊은 친구들은 전설 같은 그 선생님을 알기나 하는지, 그냥 극장 이름으로 아는 것은 아닌지 모르겠습니다.

대학교 3학년 때 이해랑 선생님을 모시고 설악산으로 갔던 일이 있습니다. 그분과 며칠을 함께했다는 것은 가문의 영광이죠. 늘 웃으시던 선생님의 모습이 생각납니다.

모차르트의 27개의 피아노 협주곡 중 23번 K. 488 2악장은 어쩌면 클라리넷 협주곡 2악장 아다지오보다 더 느리고 더 깊고 슬프기까지 한 악장입니다. 독재자 스탈린은 마리아 유디나의 연주로 듣는 모차르트 K. 488을 좋아했다고 하지요.

강석우의
아름다운 당신에게 1

내가 사랑하는 음악, 그리고 사람 사는 이야기

초판 1쇄 인쇄 2020년 2월 24일
초판 1쇄 발행 2020년 3월 3일

지은이 강석우 | 펴낸이 신정민

편집 신정민 | 정리 장영경 | 디자인 엄자영 | 저작권 한문숙 김지영
마케팅 정민호 김경환 | 홍보 김희숙 김상만 오혜림 지문희 우상희
모니터링 이희연 | 제작 강신은 김동욱 임현식 | 제작처 영신사

펴낸곳 (주)교유당
출판등록 2019년 5월 24일 제406-2019-000052호

주소 10881 경기도 파주시 회동길 210
문의전화 031) 955-8891(마케팅) | 031) 955-3583(편집)
팩스 031) 955-8855
전자우편 paper@munhak.com

ISBN 979-11-90277-31-0 03800
     979-11-90277-30-3 03800(세트)